Federica Magnani

Io, la mia Stella

Io, la mia Stella

CAPITOLO 1

Sono le 9.20 di una invernale domenica mattina quando dalla cucina di una modesta casetta, in una graziosa cittadina marittima, si alza una voce ferma: – Non è ora di alzarsi? Le coperte avvolgono il mio corpo fino a coprirmi la punta del naso infreddolito.

– Mamma, oggi è domenica!

Una fievole voce esce a stento dalla mia bocca, senza però arrivare a destinazione.

– È tardi, vieni ad aiutarmi a preparare il pranzo per oggi!

L'ordine imperativo della mamma risveglia pian piano il mio corpo rilassato; lentamente distendo le gambe e le braccia ma il calduccio del mio covo non vuole lasciarmi andare.

"Non oggi.

Non la domenica mattina.

L'unico giorno di riposo che ho.

Oggi voglio dormire tutto il giorno!"

Ieri sera io e i miei amici ci siamo incontrati al solito parchetto e insieme abbiamo deciso di andare alla discoteca vicino al porto canale.

La mia città è una meravigliosa meta turistica, ricca di attrazioni, locali, spiaggia, mare e tanto tanto divertimento. Nemmeno il più colorato e caldo quadro di Kandinskij potrebbe descrivere le emozioni e il calore di un'estate in questo posto: l'amore e il profumo di gioia s'irradiano in ogni dove e le calde giornate estive trascorrono a tutta velocità. Le strade si riempiono di vita, colori, luci e tanto, tanto rumore. Le spiagge, che in inverno diventano dune desolate, sembrano fiumi di persone, che vanno e vengono, lungo la battigia; nemmeno un piccolo quadrato di sabbia rimane scoperto durante la stagione estiva.

Finché arriva il temuto cambio di stagione e, i turisti, assieme al loro rumore, tornano nelle loro città. Le spiagge si svuotano, i colori sfumano ed i profumi si affievoliscono, facendo spazio al rigido della stagione autunnale.

Finalmente riesco ad aprire gli occhi, con ancora impresse le immagini della bella serata trascorsa insieme alle amiche di sempre.

In lontananza, ancora la stessa voce che m'invoca: − È mai possibile che quella bambina dorma tutto il giorno? − la voce di mia madre mentre parla con mio padre mi sembra un lamento che viene dal fondo di una cantina buia...

- Che stress, mi devo alzare... − borbotto tra me e me.

Dopo aver concluso il consueto *lavoro* della domenica mattina, finalmente risprofondo nei pensieri della notte precedente.

Arrivate al locale ci accomodiamo, come ogni sabato, nel solito angolo, "il nostro".

Le pareti emanano il profumo di calce vecchia; un odore forte, un misto di vernice e umidità, inconfondibile.

Il *nostro angolino* è composto di divanetti anni Novanta, disposti a ferro di cavallo, di colore nero, con striature verticali asimmetriche, fucsia e rosso bordeaux. La seduta è piccola e scomoda ma dopo una serata di ballo sfrenato sembra il paradiso.

Il locale si riempie sempre più tardi, ma noi non abbiamo occhi per la gente che entra o che esce. Ascoltiamo la musica e seguiamo il ritmo: balliamo, saltiamo e ridiamo. Quando ascolti la musica che ti piace, la gente scompare, i divanetti non esistono più e le pareti che un momento prima ti sembravano una prigione si aprono e in quel momento ti senti in un Eden, un giardino ai confini della realtà. Il tempo passa, le lancette avanzano talmente in fretta che perdi perfino l'orario del rientro a casa; poi d'improvviso qualcuna si desta e ti grida: – È ora di andare!

– Cosa?

– Sì, Stella, è ora di andare o faremo tardi!

D'improvviso leggi l'ora e ti accorgi che sei in ritardo, in stramaledetto ritardo. A quel punto t'irrigidisci e capisci che se torni a casa e uno dei tuoi genitori ti sta aspettando sveglio, sei morto e ti puoi scordare quei momenti per alcune settimane almeno.

Così, in fretta e furia, prendi la giacca e voli a recuperare il motorino lasciato in chissà quale buco, dietro a qualche cassonetto dell'immondizia o chissà dove altro ancora. Sali in sella al tuo destriero e sfrecci a casa in un lampo; arrivi al portone ed è a quel punto che inizia il tuo incubo più grande. Essere sentiti da tua madre.

Ti levi le scarpe ancor prima di mettere il naso all'ingresso di casa e delicatamente le riponi non appena varcata la soglia; quindi, ti dirigi velocemente verso la tua camera, appoggiando il giacchino sulla seggiola.

È il momento clou, le coperte sono la tua ancora di salvezza, oltrepassandole puoi proclamarti al sicuro. Il cambio completo degli indumenti avviene direttamente sotto le lenzuola.

"Che serata fantastica" continuo a pensare, "devo chiamare Giulia per chiederle come sta."

Stella:– Pronto, posso parlare con Giulia per favore, sono Stella.

Giulia: – Pronto?

Stella: – Ciao Giu, sono io, come stai?

Giulia: — Bene Ste, ieri sera mi è andata bene. Nessuno si è accorto del mio ritardo. Wow!

Stella: — Allora siamo in due, è filato tutto liscio. Senti, Giu, ho bisogno di vederti, sono stanca di quello stronzo di Matteo, non ne posso più, ci vediamo oggi pomeriggio?

Giulia: — Ma i compiti?

Stella: — Chi se ne frega dei compiti, li copieremo domani a scuola.

Giulia: — Ok, ci vediamo alle tre al parchetto, ciao Ste. A dopo.

Giulia è la mia compagna di banco, nonché complice di serate indimenticabili e di esperienze uniche. Giulia ha dei bellissimi capelli castani tendenti al rosso ma ha la brutta abitudine di stirarsi dei magnifici boccoli ricci che le starebbero una favola. Ci siamo incontrate sui banchi di scuola e da quel momento non ci siamo più separate. Lei è una ragazza semplice e molto dolce, esattamente l'opposto di me; è per questo che andiamo d'accordo su ogni cosa.

Frequentiamo l'ultimo anno di scuola superiore; non ne possiamo più di studiare e non vediamo l'ora di completare gli studi per prenderci quel famigerato anno sabbatico di cui tutti parlano. In tutto ciò abbiamo solo un problema: Matteo.

Matteo è il mio fidanzato. Matteo è il classico ragazzo benestante. Bei vestiti, belle moto, bei voti a scuola e un carattere forte, proprio come il mio. Purtroppo, me ne sono innamorata, dico "purtroppo" perché il nostro è un continuo tira e molla; stiamo insieme da tre anni e ieri è scoppiata l'ennesima lite.

Il sabato pomeriggio è la giornata dello sport. Sono, come di consueto, alla partita di pallavolo della mia squadra e mentre corro, urlo e incito le mie compagne, un tarlo mi punzecchia il timpano come un martelletto: tic, tic, tic, tic...

– Stella?

Le mie compagne mi esortano alla concentrazione ma oggi non c'è nulla da fare, ho la testa piena di pensieri negativi, di amarezza per un pezzetto di vita che se ne va...

Rimango immobile, ipnotizzata, sognando ogni momento trascorso con lui; il ricordo è vivo, fresco come un girasole che si schiude alle prime luci dell'alba e la rugiada scende dal suo stelo verso il gambo fino a toccare terra.

Ecco, i miei sentimenti, in questa giornata, assomigliano a una goccia di rugiada fresca che pian piano scivola, scivola e quando tocca terra, capisce di aver completato il suo cammino e si arresta, in attesa del calore del sole che la asciughi e la faccia volare su, in alto, dove le carezze della brezza la trasporteranno lontano, in cerca di un altro fiore da toccare e vivere.

Il primo amore! La prima volta di una ragazza è un evento straordinario. Si attende quel momento come l'obiettivo da raggiungere per diventare grandi; non è lo sviluppo a far crescere una donna nel corpo di una bambina, ma fare l'amore. E allora si parla con le amiche più intime, si chiedono consigli, si cercano le informazioni in ogni luogo, per cogliere anche il minimo particolare e arrivare al grande evento pronta e preparata.

Era la serata perfetta la mia. Cena a casa di Giulia, pochi amici, pizza, birra, e l'intimo più carino trovato nel cassetto della biancheria, una mise color carne, perfetta per l'occasione. Ero al settimo cielo, frizzante ed emozionata.

Matteo: – Sei pronta?

Stella: – Sì.

Il profumo della sua pelle m'inebriava la mente; gli occhi erano ben chiusi e il desiderio cresceva dentro di me come mai prima di allora. Lentamente i nostri corpi si avvicinavano, il fiato si accorciava e un calore intenso saliva dal profondo del ventre: – Oddio, Teo...

11

Matteo: − Stai tranquilla, Stella.

Poi, d'improvviso, l'idillio lasciava spazio all'amara sensazione di un cubetto di ghiaccio sul ventre. "Aiuto!" urlai dentro di me; in quel momento sarei voluta scappare, correre a tutta velocità lontano, in un vicolo buio e sprofondare nella notte, sola, sola con la paura che qualcuno potesse vedermi in quell'istante di mio vuoto, fuori e dentro di me.

Matteo: − Apri gli occhi, Stella, è tutto finito.

Il mio silenzio è stato eterno: dalla bocca non usciva un filo di voce. Quello che avevo provato era stato povero, arido, deludente! Perché tutti credono che la prima volta sia fantastica?

Avevo la sensazione di essere seduta su una vecchia panchina di legno verniciata di bianco, il profumo dei fiori dietro alla mia testa e il rumore di un treno in lontananza, in una singolare stazione ferroviaria in mezzo alla campagna.

Attorno a me un orizzonte di campi coltivati e colorati da fantastici fiori di ogni specie. Il vento soffiava delicato, tra i miei ricci spettinati ed io ero in attesa di un piccolo ma accogliente treno che mi avrebbe portato ai confini del mondo e ai limiti della mia realtà. E, invece, avevo la sensazione che fosse passato un treno ad alta velocità, troppo nuovo per quella povera realtà di periferia, un treno talmente potente e prepotente da non lasciare nemmeno il tempo di ammirare il paesaggio: finestrini sigillati, aria condizionata troppo alta e stazione successiva raggiunta troppo in fretta.

Quella notte tornai a casa sconcertata. Perché mi aspettavo qualcosa di diverso? Perché Matteo ed io avevamo viaggiato così vicini ma su due vagoni distanti anni luce? Perché lui era così contento ed io così triste?

Quella notte non dormii molto; le domande mi tuonavano in testa ed io, sotto le mie coperte avvolgenti e protettive, non riuscivo a darmi le risposte che volevo. Forse per la prima volta avevo paura. Avevo la sensazione di non riuscire a controllare un evento tanto importante e tanto desiderato da me e mi sentivo sconfitta. Ero io il problema?

Terminata la partita di pallavolo, alla quale Matteo non partecipava mai, ero intenzionata ad affrontarlo. Erano trascorsi tre anni da quella prima volta *indimenticabile* ed ero stata, allora, felice. Ero cresciuta insieme a lui ed ero diventata finalmente una donna. Una bella storia d'amore la nostra, certo, con gli alti e i bassi di due adolescenti stupidi in crescita, ma in fondo era la storia che dovevamo vivere. Ora, era tutto finito! Io non avevo più bisogno di un ragazzo come Matteo, ero cresciuta e con me le mie esigenze, le mie aspirazioni, le mie passioni. In tante occasioni avevamo affrontato il discorso ma questa volta ero risoluta, non avevo intenzione di tornare sui miei passi. Era davvero finita e nessuna scusa mi avrebbe fatto cambiare idea.

Stella: – Matteo, ho bisogno di parlarti!

Matteo: – Stella, non rompere, non vedi che sto giocando? Ci vediamo stasera.

Stella: – Ciao Matteo, sei il solito stronzo, certo ci vediamo stasera! – "L'ultima!", borbotto tra me e me.

Giulia ed io ci incontriamo al parco alle quindici.

Giulia: – Stella, ma cos'hai?

Stella: – Giu, non ne posso più. Sono stanca di Matteo. Tra poco comincia l'estate e lui tornerà a lavorare come bagnino, lo sai come andrà a finire, vero? Io le corna non le voglio più, e poi lo sai, ormai tra noi non c'è più amore ed io non voglio vivere una storia d'amore così, Giu!

Una lacrima scende sul mio viso pallido, arrossato dal freddo pungente di febbraio. Giulia mi abbraccia e mi stringe forte a sé; io crollo in un pianto infantile. Singhiozzando, pian piano rialzo la testa e sbircio i suoi occhioni, per cercare una comprensione che forse nemmeno mi serve, ma in quel momento di sconforto mi aiuta a ritrovare il ritmo del respiro. Così, piano piano, mi calmo.

- Se è ciò che vuoi, Stella, fai bene. Lascialo e vedrai che sarai più felice, e poi a luglio partiamo, ti ricordi, vero? — Mi dice Giulia amorevolmente.

- Non vedo l'ora! Ora, devo solo chiamarlo e parlare con lui per l'ultima volta.

CAPITOLO 2

Gli esami sono finiti, le valigie sono pronte e l'aereo ci sta aspettando.

Giulia ed io ci accingiamo ad affrontare una nuova avventura insieme, felici e spensierate, come due ragazze di diciannove anni devono essere.

Le luci dell'aereo indicano di allacciare le cinture di sicurezza, si decolla.

Sorvoliamo Madrid in una luminosa mattina di mezza estate. La temperatura esterna sfiora i trentacinque gradi ma la spensieratezza e la gioia che portiamo nei nostri cuori rendono l'esterno, un posto sconosciuto, insignificante: nulla ci può fermare oggi!

Abbiamo deciso di trascorrere qualche mese in Spagna; abbiamo trovato una stanzetta angusta ma accogliente, proprio adatta alle nostre semplici vite.

Dopo qualche ora dal nostro arrivo, ci prepariamo a entrare nella nostra nuova dimora.

Stella: – Bussiamo?

Giulia: – Sì, sei pronta?

Stella: – Prontissima!

Il portone del nostro nuovo appartamento si apre e ad accoglierci è una giovane ragazza madrilena, non tanto alta, capelli castani e occhi neri, una bella ragazza.

– Hola, soy Andrea – dice lei.

– Hola Andrea, Stella y Giulia.

Entriamo in casa. L'ingresso è molto angusto e buio, ma il profumo di fresco e di pulito ci accoglie come fosse casa nostra, in Italia. Andrea sarà la nostra coinquilina per tutto il periodo di permanenza in Spagna, lei in una stanza, Giulia ed io in una modesta matrimoniale nella porta accanto.

La nostra stanza è dipinta di un giallo tenue ma caldo, come il sole che entra dalla nostra piccola finestra esposta a sud. Mi sento rilassata e felice, come mai lo sono stata negli ultimi mesi della mia vita. Questo sarà il nostro nuovo angolo di paradiso; sarà l'inizio di una nuova vita che vogliamo improntare nel segno della gioia e della felicità.

Gli ultimi mesi sono stati molto duri per me: preparare gli esami di maturità, lo stress delle prove da affrontare ma soprattutto la separazione dall'amore della mia breve vita non è stata per niente semplice.

Nonostante la mia volontà nel troncare questa relazione, ormai tramontata insieme alla nostra adolescenza, mi sento ancora affranta da questa situazione. Mi mancano i suoi freddi abbracci ma soprattutto mi manca quella quotidianità che rende la vita più semplice perché programmata, fatta! Ora che mi ritrovo sola, devo scoprire il mondo in solitaria e camminare lungo una strada nuova è sempre una grande incognita, specialmente per una giovane donna.

La relazione con Matteo è finita nel migliore dei modi; il giorno in cui gli ho comunicato la mia decisione, lui mi ha semplicemente risposto: — Finalmente non ti ho più tra i piedi!

"Perfetto" ho pensato io. Ed è in quel preciso momento, che capisci quanto distanti siano gli uomini da noi donne. Tre anni della mia vita, insieme a un giovane uomo che non mi ha apprezzato, non mi ha protetto quanto doveva ma soprattutto non mi ha amato.

Poi, la settimana successiva, lo ritrovo a piangere sotto casa, con un mazzo di fiori recisi e un pianto finto stampato sul volto. "Che coraggio che hai" ho pensato.

I mesi successivi sono stati carichi di tensione e paura;

ogni qualvolta ci incontravamo, erano guai. La sua prepotenza e arroganza prendevano il sopravvento; volavano urli e insulti. L'unico modo per placare la sua ira era andarsene e allora tornava la pace, almeno esternamente, perché dentro di me morivo ogni volta che accadeva.

Oggi Giulia ed io siamo qui, a Madrid; oggi nessuno può urlare o pretendere qualcosa da noi. Oggi incomincia la nostra vita. Voglio dimenticare i mesi trascorsi e lasciarmi coccolare dal calore dell'estate che avanza, voglio urlare al mondo che sono libera e felice e da oggi in poi nessuno potrà tarpare le mie ali perché io voglio volare, tanto in alto da stancarmi; e poi voglio buttarmi giù, senza paura, perché so con certezza che c'è qualcuno, là sotto, che mi prenderà teneramente tra le sue braccia, come un soffice tappeto di neve fresca: oggi sono in paradiso!

L'obiettivo della nostra permanenza a Madrid è trovare un lavoro che ci permetta di mantenerci in questa meravigliosa città senza dover gravare sui nostri genitori che fino ad ora ci hanno mantenuto e sfamato.

Il mattino seguente, iniziamo immediatamente la nostra ricerca; scendiamo in quartiere, facciamo qualche passo e ci troviamo di fronte ad un parco; il parco ricorda il luogo di ritrovo con gli amici, in Italia: — Il nostro parchetto! — grido b

I prati sono curati nel dettaglio; il manto è stato tagliato da poco tempo e il profumo dell'erba e delle siepi colme di fiori ci abbraccia subito, provocando un brivido profondo lungo le nostre schiene. Mi sento a casa e questa emozione rilassa la mia anima e penso: "Sono felice!".

Gli occhi di Giulia sono ricchi di emozione e nel guardarla attentamente mi rendo conto che stiamo piangendo entrambe: d'un tratto ci ritroviamo abbracciate come due bambine in cerca di braccia accoglienti e calde, piene d'amore e cura l'una dell'altra.

- Ti voglio bene, Stella! — dice Giulia
- Sai una cosa, Giulia, se fossi un uomo, ti sposerei! Questa mia frase stempera gli animi e d'improvviso ci troviamo a sorridere di nuovo insieme, io e lei, quante emozioni! Esploriamo il parco da nord a sud, da est a ovest; tutto attorno a noi sembra rievocare il nostro paese, la nostra graziosa città e questa sensazione ci tranquillizza; la lontananza dalle nostre famiglie e dai nostri spazi si accorcia e i timori dei giorni che precedevano la nostra partenza oggi diminuiscono.

La giornata trascorre velocemente: fa molto caldo, il sole sale a picco sulle nostre teste e il calore dell'asfalto rende l'aria arida, afosa, a tratti irrespirabile. Le alte temperature rallentano le nostre ricerche, ma il desiderio di conoscere il mondo e di scoprire nuove opportunità, ci rende vive e attive come api alla ricerca di nuovi fiori, piccoli o grandi, colorati o spenti, vicini o lontani: non ha importanza il tempo che ci servirà per trovare il nostro fiore, la nostra felicità; certamente, nel cuore, abbiamo la speranza di trovarla e al più presto.

È quasi l'ora di pranzo, cerchiamo un locale dove pranzare. Siamo immediatamente attirate da una piccola locanda, non distante dal parco, con un nome singolare ma perfetto per me e per Giulia: *Puerta de la felicidad*.

Giulia: — Che ne dici, Stella, la apriamo questa porta della felicità?

- Sì, mi piace – rispondo io.

Varchiamo la soglia del locale e ci immergiamo in un ambiente singolare ma molto accogliente. Percorriamo un lungo corridoio stretto e poco illuminato; le pareti sono ricoperte da carta da parati di ogni colore e forma. Il profumo del pomodoro fresco in cottura e di carne alla brace ci trasporta fino a un bancone, non tanto alto, in fondo al corridoio. Là, una signora di mezza età, corporatura robusta e capelli biondi raccolti con una spilla, ci dà il buongiorno e ci conduce in un piccolo giardino interno.

"Oh mio Dio!" esclamo io. Il giardino è un piccolo fazzoletto, ma è meraviglioso. Il prato verde e ben curato è composto di erba, quadrifogli, e tante, tantissime margherite bianche e gialle disperse qua e là, ma perfettamente sagomate, quasi a formare un bellissimo dipinto. Giulia ed io togliamo immediatamente i sandali e godiamo il fresco della natura sotto i nostri piedi nudi. Il solletico dei fili d'erba e il fresco del contatto con la terra rievocano in me le corse fatte a piedi nudi, quando da bambina trascorrevo l'estate con i nonni, in campagna.

– Wow, Giulia, che meraviglia – le dico sottovoce.

Giulia: – È molto accogliente e tranquillo qui. Peccato che in inverno sarà chiuso, immagino.

I nostri discorsi sono interrotti dal profumo di due stuzzichini fumanti, gentilmente offerti dalla locanda. Il pranzo è un successo di gusto e gentilezza, l'essenziale per un ottimo ristorante.

Giulia ed io usciamo dal locale ma non prima di aver preso un coloratissimo bigliettino da visita.

– Quando non abbiamo voglia di cucinare, abbiamo il nostro locale – dice Giulia soddisfatta.

Vaghiamo ancora per i vicoli di una città troppo grande per noi, troppo grande per due ragazze provenienti da una piccola cittadina. Il centro è caotico ma ben organizzato. Siamo alla ricerca di un centro per l'impiego e, dopo svariati tentativi, ci ritroviamo dentro ad un ufficio spento, triste e affollato da persone di varie nazionalità.

Eccoci, questa è la realtà oggi, tante domande e poche offerte. Immediatamente, la felicità che avevamo conquistato in questi se pur pochi giorni, inizia a offuscarsi. Giulia ed io ci guardiamo perplesse e preoccupate.

Attendiamo il nostro turno, finché ci dirigiamo in una stanza appartata, adiacente alla sala d'attesa, insieme ad un gentile ragazzo che dopo aver preso i nostri dati e dopo aver fatto alcune domande ci congeda con un: — Vi faremo sapere.

Sono trascorse già due settimane dal giorno del nostro arrivo a Madrid, e siamo ancora in attesa di una chiamata dall'ufficio per l'impiego. Abbiamo setacciato il nostro quartiere alla ricerca di un locale o negozio in cerca di commesse o altro, ma nessuno ha bisogno di noi. Una mattina, passeggiando per le vie del centro, sono attratta da una locandina appesa in una bacheca. La pubblicità promuove un corso di formazione per lo sviluppo di grafica digitale.

Sono al settimo cielo. Il corso è finanziato dalla Comunità Europea e permette, ai disoccupati, di accedere gratuitamente a un corso formativo con ore di stage presso un'azienda. Appunto velocemente il numero di telefono e corro a casa; trovo Giulia distesa sul letto matrimoniale, mentre guarda un banalissimo cartone animato alla televisione. Le racconto del corso di formazione ma lei, essendo negata per le nuove tecnologie, ride e mi dice: — Stella, è un corso adatto a te, prova a telefonare!

Giulia ed io abbiamo frequentato l'Accademia d'Arte; io ho scelto l'indirizzo di Design Grafico mentre Giulia quello di fotografia.

Prendo allora un bel respiro ed elaboro un discorso, prima di chiamare il numero di telefono strappato poco prima. Sono agitata come un bambino al suo primo giorno di scuola; penso e sorrido, mi convinco che potrebbe essere una buona opportunità, non tanto per imparare, ma per avere un contatto con un'azienda durante lo stage del corso. Non posso desiderare di meglio, trovare un lavoro adatto a me e a ciò che vorrò fare da grande.

Trovo finalmente il coraggio di digitare il numero sul mio

cellulare e dopo pochi minuti ho tutte le informazioni che mi servono per presentarmi, il giorno successivo, al mio primo colloquio, già, non di lavoro, ma per me, che mi sono appena diplomata, è come se lo fosse; sono preoccupata per la lingua, ma sono talmente felice che non m'importa, in qualche modo mi farò capire.

La sveglia suona alle otto di una bellissima giornata settembrina. Oggi cominciano le lezioni del corso di formazione, qua a Madrid, ed io sono stata una delle candidate scelte per frequentarlo.

Ho comprato un coloratissimo vestito a volant. Corpetto color verde smeraldo, Swarovski applicati al colletto e un'ampia gonna color verde sfumato con un bellissimo color pesca e giallo. Il sandalo beige con applicazioni di brillanti completa la mise di questo giorno speciale. Mentre lo indosso, provo una ragionevole sensazione di esaltazione: "Le persone, oggi, mi devono guardare attentamente" penso.

Oggi è una di quelle giornate in cui mi sento veramente bene con il mio corpo e l'abbigliamento non fa che enfatizzare un mio stato d'animo ottimamente positivo.

Giulia: – Che bella che sei, Stella, oggi li stendi tutti!

– Grazie, Giu, fammi un grosso in bocca al lupo, tesoro! – le rispondo io.

– In bocca al lupo, ci sentiamo per pranzo, ok? – dice Giulia.

– Crepi il lupo. Tu dormi che poi ti faccio sapere – la tranquillizzo io.

Lascio la mia migliore amica riposare ancora un po'. M'infilo nell'angusto bagno della nostra reggia e mi metto un filo di trucco, pensando che una leggera matita sugli occhi e un po' di mascara non guastino.

Ora sono davvero pronta!

Salgo rapidamente le scale del palazzo, dove si terranno le lezioni del mio corso. Sono in perfetto orario e sono in ottima forma. Oggi non ho paura di nulla!

Busso alla porta d'ingresso dell'aula ed entro nella sala computer di un'azienda con sede in centro città. L'aula è davvero essenziale; due file di computer e una scrivania con un videoproiettore alle spalle dell'insegnante.

Mi accomodo nella prima postazione libera, accanto ad un giovane ragazzo madrileno, bella presenza ma alquanto silenzioso. Ci salutiamo con diffidenza e attendiamo l'arrivo del nostro coach.

Dopo qualche minuto la sala si riempie di giovani, ognuno con caratteristiche diverse: chi è serio e pensieroso, chi sorridente ed è sereno. Siamo dieci alunni in totale, cinque ragazze e cinque ragazzi.

– Buenos días – di colpo fa capolino nell'aula l'insegnante del mio corso.

Deglutisco e cerco di respirare con calma e tranquillità. "Mio Dio" penso tra me e me, ma il mio pensiero è volato oltre, chissà dove; rimango persa nei miei sogni per qualche istante, chissà quanto tempo è passato.

– Señorita – sento una vocina che risuona in lontananza.

D'improvviso mi sveglio dal torpore della mia ingenuità.

– Sì? – rispondo.

"Che figuraccia" penso tra me e me.

Rispondo alle sue domande, cercando di rimanere concentrata, ma la sua bellezza è imbarazzante e non ci riesco.

Avrà circa 30 anni, altezza giusta per la mia statura, morbidi capelli neri portati alla Tom Cruise in *Top Gun*, e due lucenti occhioni verdi, proprio dello stesso tono del mio vestito. "Stella, smettila subito": la voce della ragione si fa sentire dentro la mia testa.

Ok, riprendo il controllo e ascolto le sue parole. La sua

voce è possente ma dolce, gesticola spesso ed è simpatico, davvero simpatico.

Rimango colpita dalle fossette che si creano sul suo viso quando sorride e penso: "Non vedo l'ora di raccontarlo a Giulia".

La giornata è intensa, lavoriamo sodo tutto il giorno; gli argomenti trattati sono a me conosciuti e sono facilitata rispetto ad altri ragazzi. Così le ore trascorrono velocemente; una breve pausa pranzo all'interno dell'azienda e poi dritti senza sosta fino a sera.

CAPITOLO 3

Al mio rientro, Giulia mi attende impaziente davanti al portone della nostra piccola casa. Non vedo l'ora di raccontarle la mia prima giornata di lavoro e dei miei nuovi compagni.

– Allora? – chiede Giulia non appena mi vede.

– Ciao Giulia, che bello vederti. Oggi è stata una giornata faticosa, ma penso che sarà un'esperienza magnifica. Abbiamo lavorato sodo per tutto il giorno, abbiamo pranzato velocemente in un bar sotto l'azienda. L'atmosfera è abbastanza pesante, specialmente perché molti ragazzi non conoscono i programmi che andremo a utilizzare e i miei nuovi compagni, per ora, sono piuttosto silenziosi.

– Dimmi almeno se c'è qualche bel ragazzo... Come sono? Dai, non ci credo che tu non hai adocchiato nessuno, ti conosco, Stella.

– No, Giulia, in effetti, non c'è nessun ragazzo carino...

Qualche momento di silenzio.

– Tranne l'insegnante, Giulia – sospiro e la guardo intensamente. In volto mi compare un bel sorriso malizioso. – L'insegnante? Stella, quanti anni ha? – replica bruscamente Giulia.

– Dai, Giu, non lo so e poi ho solo detto che è carino, non ho avuto nemmeno modo di parlargli, non ne ho idea. Ho solo fatto la mia solita figura da idiota quando è entrato in aula.

Mi sono pietrifica e sono stata risvegliata dai miei compagni...

– Sei la solita, lo sapevo che avresti combinato un disastro il tuo primo giorno!

Le giornate al lavoro trascorrono molto velocemente. Impariamo nozioni importanti e iniziamo a creare un buon affiatamento di gruppo.

L'insegnante tende spesso a separarsi da noi alunni, soprattutto in pausa pranzo; noto con piacere, invece, che il mio primo compagno di banco, quello accanto alla mia postazione, mi guarda con aria compiaciuta e tende ad avvicinarmi spesso, con richieste spesso ridicole su consigli utili al lavoro che stiamo svolgendo.

Pranziamo ogni giorno nel locale adiacente all'azienda; abbiamo cominciato a conoscerci un po' meglio e, come accade spesso, abbiamo formato due gruppi. Io mi trattengo con Julio, il mio vicino, Francisco e Magdalena, due ragazzi spagnoli giunti a Madrid in cerca di occupazione come me e Giulia.

Gli altri rimangono in disparte e non partecipano alle nostre conversazioni, probabilmente ritenendole futili. Se ne stanno in silenzio per tutto il pranzo, pronunciando brevi frasi solo se interpellati.

Giulia fa la cameriera alla locanda *La porta della felicità*. Lei ne è entusiasta ed io lo sono altrettanto; abbiamo trovato il modo per rimanere in Spagna per qualche mese, senza pesare sui nostri genitori e cercando di cavarcela, finalmente, con le nostre forze.

Così, finisco spesso per cenare là, cercando di stare in sua compagnia per quanto mi è possibile. Una sera, mentre attendo il mio piatto preferito, la paella, mi arriva una mail di lavoro dal nostro coach, Fernando.

"Che cosa ho combinato?" penso tra me e me. Poi leggo la mail e rimango sorpresa nell'apprendere che l'indomani mi devo recare al lavoro mezz'ora prima. Lui ha bisogno di parlare da solo con me.

"Beh, forse mi vuole premiare per il lavoro svolto, oppure

ho sbagliato tutto?" alcune domande echeggiano nella mia testa.

Sono abbastanza pensierosa, sono passati circa due mesi da quando abbiamo cominciato il corso e ne devono ancora trascorrere due. "Che cosa vorrà dirmi?" penso ancora qualche minuto in silenzio senza attirare l'attenzione di Giulia. Ritengo che non sia nulla d'importante, così non le rivelo nulla; lei si preoccuperebbe inutilmente e non mi va di rovinarle la serata. Continuo la mia cena, cercando di non pensarci, chiacchierando un po' con Maria, la padrona di casa, e Roberto, suo figlio adolescente. Sono persone simpatiche e col tempo, sono diventati nostri cari amici, come una seconda famiglia qui a Madrid. Sto vivendo un periodo felice insieme ad una persona speciale e l'esperienza che stiamo affrontando insieme sta fortificando il nostro fantastico rapporto di amicizia.

Le nostre famiglie ci mancano molto; ci manca la nostra città, il nostro mare e i nostri spazi, ma sappiamo entrambe che questa sarà solo una bellissima parentesi e che alla fine torneremo alla vita di sempre; torneremo presto a casa nostra.

L'estate è terminata, e le nostre spiagge si saranno svuotate. Mi mancano le passeggiate in riva al mare, quando ad accompagnarti c'è solo il rumore delle onde che s'infrangono nella battigia vuota, il fruscio della brezza che ti accarezza i capelli e le tue orme che t'inseguono, per pochi secondi, per venire poi cancellate dall'acqua che arriva e poi se ne va, implacabile. "Che malinconia, il *mio mare*, non vedo l'ora di rivederlo" penso.

Quanti pianti fatti ammirando l'orizzonte; quanti pensieri ho gettato tra le braccia del *mio mare*, quanti segreti gli ho sussurrato, sicura che solo lì sarebbero stati custoditi al sicuro. Abbandono la malinconia, con la certezza che nessuno me lo porterà mai via e la consapevolezza che presto, a Natale, tornerò da lui, dalla mia città e dalla mia famiglia.

Quella sera torno a casa silenziosa e pensierosa, non voglio dire nulla a Giulia; ci addormentiamo spettegolando sulla giornata trascorsa.

Al mio risveglio, Giulia dorme; mi alzo, faccio colazione sola, come ogni mattina, mi preparo ed esco agitata, impaziente di ascoltare le parole di Fernando. Sono spaventata, in due mesi non abbiamo avuto quasi mai modo di parlare, specialmente da soli e questa novità mi rende nervosa: penso seriamente di aver svolto un cattivo lavoro e ho il timore di ricevere un rimprovero o di venire allontanata dal corso, giacché mi vuole vedere sola.

Arrivo in azienda e Fernando è sulla soglia d'ingresso ad attendermi. Mi saluta come di consueto, apre la porta e mi accompagna verso l'ascensore.

"In ascensore? La nostra aula è al pian terreno!" penso io, "Dove mi starà portando?"

Vedendomi scossa, mi rassicura dicendomi che mi sta conducendo nel suo ufficio, al secondo piano dello stesso edificio. Tiro un sospiro di sollievo e accenno un sorriso. Lui mi risponde prontamente con il suo bel sorriso, poi mi prende per mano ed entra nel suo studio. Io sono sorpresa e divento immediatamente rossa in viso, mi sento bruciare le guance e sono in imbarazzo. Lui è così bello, fresco, sorridente e sereno. Invidio il suo modo di porsi con le persone, la sua calma, il suo modo di parlare semplice ma chiaro; quando termina un discorso, nulla rimane in sospeso, non vi sono domande.

Oggi indossa un paio di blue jeans, una camicia bianca e una giacca di pelle nera. Il suo modo di vestire è sempre impeccabile e il suo profumo è irresistibile. Non appena varchiamo la soglia del suo studio, lui chiude la porta dietro di sé e mi fa cenno di accomodarmi sulla poltrona, non prima di aver teneramente preso il mio soprabito. Sorride ancora una volta e si accomoda nella poltrona accanto alla mia.

Penso di essere bordeaux in volto; le guance mi ardono e non ho più saliva, né per deglutire, né per emettere alcuna parola. I suoi occhi verdi mi stanno fissando da qualche secondo, in silenzio, aspettando una mia reazione che esita a manifestarsi, finché stempera l'impasse chiedendomi se gradisco un bicchiere d'acqua o una bibita o un caffè. Sorrido e comincio a distendere la tensione.

– Quando sei in aula sei sempre così spavalda, Stella! Cos'hai questa mattina? – mi chiede, col sorriso, Fernando.

"Mi ha chiamato per nome, allora sa come mi chiamo" penso tra me e me.

– Già, quando si tratta di lavoro, sono abbastanza sicura di quello che dico e di quello che faccio – rispondo prontamente io.

– Mi piacerebbe invitarti a cena sabato e poi andare con te a un concerto in città! Ho comprato i biglietti mesi fa e sfortunatamente la mia accompagnatrice non c'è questo weekend, così ho pensato a te, che ne pensi? – continua lui.

Rimango pensierosa per qualche istante e poi mi chiedo: "Perché ha pensato a me e in questi mesi non mi ha degnato di uno sguardo? Perché devo fare la sua accompagnatrice sabato? Perché devo fare la sostituta di qualcuna?".

Ho mille idee che mi attraversano la mente, non riesco a formulare una risposta, sono turbata e la sua bellezza m'inebria. Fisso il suo petto, che s'intravede dagli ultimi bottoni della camicia aperta, e sono completamente persa in un mondo parallelo.

– Stella, allora? Che ne pensi? – incalza lui.

– Ma, non saprei – dico io timidamente; non mi sento pronta per una serata con lui, una persona a me sconosciuta e molto più grande di me, credo. – Si può fare – dico rapidamente.

Le parole mi escono d'improvviso, senza che ne possa prendere il controllo. Sono frastornata, Fernando mi ha colto di sorpresa, vorrei correre lontano e avere il tempo per riguardare il film che mi ha investito questa mattina. E invece sono seduta in un ufficio nuovo; di fronte a me si trova una persona sconosciuta che sta organizzando il mio weekend.

– Bene, sono felice. Ti manderò i dettagli prossimamente. Ora andiamo a lavorare, oggi sarà una giornata molto faticosa.

– Grazie – dico io, sollevata. Prendo il mio soprabito ed esco dal suo ufficio, ancora scossa: oggi sarà una giornata davvero pesante. In questo momento vorrei essere a casa, stesa sul mio letto, abbracciata al cuscino per riflettere sull'accaduto.

CAPITOLO 4

Mi sveglio all'alba, nonostante sia sabato. Mi sento stranamente felice, stanca ma felice. Sbircio fuori dalla finestra ed il tempo è uggioso. Il cielo è ricoperto di nuvole scure, cariche di umidità e pioggia che sta arrivando; questa stagione mi ricorda le meravigliose passeggiate in riva al mare. La riva del mare, in inverno, si trasforma in una pista da bowling: un piano liscio, duro e stranamente solitario.

Ogni qualvolta mi sento sola e ho bisogno di riflettere, il mare è l'unico amico che mi piace frequentare: esso rimane in ascolto ed è silenzioso; l'onda, che dapprima si spinge sulla riva, presto ritorna indietro, portando con sé ciò che trova lungo il suo cammino, compresi i miei più intimi pensieri. Questo rituale mi ricorda il ciclo della vita; tutto ciò che arriva ben presto se ne andrà e il pensiero mi rasserena perché è parte di madre natura.

Passeggiare in riva al mare in inverno ti permette di sentire il profumo dell'acqua e delle sue creature, mentre l'aria fresca libera la tua anima: — Quanto darei per essere sulla mia spiaggia in questo momento — sussurro.

La mattina trascorre all'insegna della nostalgia, così prendo in mano il mio blocco da disegno. Disegnare è un magnifico modo per imprimere su carta i desideri più profondi che si celano nei nostri malesseri, nei nostri momenti di rabbia o sconforto: trovo un immenso sollievo nel catturare dal profondo i pensieri e gettarli sul foglio bianco che ho di fronte.

Le nuvole e la pioggia, l'inverno e la solitudine risvegliano la mia vena artistica, così comincio a tracciare linee confuse.

La matita scorre sul foglio, i tratti sono leggeri, la mano è ferma. Sono concentrata e attenta ai particolari e dopo qualche tempo il mio "capolavoro" è terminato.

– Stella, che bel disegno hai fatto! – mi fa sussultare Giulia appena alzatasi dal letto. – Chi è? – mi chiede.

– Nessuno, Giu, è solo nei miei pensieri – rispondo prontamente io...

Sto mentendo, ho fatto un ritratto di Fernando, ma non voglio dirlo a Giulia; non voglio disturbare la mia migliore amica tediandola con la descrizione del mio insegnante scorbutico. Non le ho ancora detto che stasera uscirò con lui. Non so ancora il motivo di questa scelta, ma non mi sembra il caso, d'altra parte, sono solo una sostituta stasera e la cosa non mi soddisfa per nulla. Sono agitata e Giulia si accorge immediatamente del mio malumore.

– Cos'hai, Stella, ti vedo strana, è successo qualcosa? – mi chiede.

– No, nulla, stasera devo uscire con i miei colleghi e non ne avrei tanta voglia, ma hanno insistito molto e devo proprio andare.

È giunta l'ora di prepararmi, così riempio la vasca da bagno, butto dentro i miei sali preferiti e mi distendo completamente sotto il livello dell'acqua. Il calore mi riscalda e mi rasserena, per qualche minuto mi rilasso e chiudo gli occhi. Respiro profondamente e annuso il profumo che le palline disciolte in acqua hanno sprigionato; penso alla serata che mi aspetta e l'unico desiderio che ho è che lui sia cortese e simpatico con me, non ho voglia di rovinarmi il sabato con un prepotente scontroso come si dimostra al corso.

Così esco dall'acqua e mi vesto velocemente. Non credo ci sia bisogno di addobbarsi tanto per questa serata: un po' di ombretto beige dorato, una leggera matita nera e il solito mascara per allungare le mie ciglia.

Ecco, sono pronta! Indosso un classico paio di jeans blue e una camicetta panna, con un copri spalle in tono e un paio di scarpe con tacco non tanto alto. Chiedo alla mia migliore amica di prestarmi la sua pochette rossa, in tinta con le scarpe.

Do un bacio sulla fonte a Giulia ed esco soddisfatta dalla mia piccola reggia.

Mi presento nel luogo prestabilito e lo vedo appoggiato al bancone del bar, con una birra in mano. Appena lo scorgo da lontano, mi esce un sorriso smagliante sul volto: "Quanto è bello" penso immediatamente. Cerco di farmi coraggio e mi avvicino sicura, lo saluto e mi siedo accanto a lui.

– Ciao – esclama lui sorpreso.

– Bevi qualcosa?

– Sì, grazie, prendo una birra anch'io.

La serata comincia alla grande: buona birra, qualche stuzzichino per riempire il pancino che brontola e una bella conversazione sull'andamento del corso.

I suoi occhioni verdi si posano continuamente sul mio volto, probabilmente arrossato dalla timidezza: i miei pensieri vagano in un mondo alternativo e spesso mi ritrovo ad annuire senza sapere di cosa stiamo parlando. La sua voce è ferma ma dolce: è proprio questo suo lato che mi fa letteralmente impazzire. Ci assomigliamo all'inverosimile: schivi con le persone sconosciute, generalmente solitari, di carattere tanto forte da essere a volte scontrosi con le persone che non ci conoscono, ma non appena ci troviamo di fronte persone che lo "meritano", apriamo il nostro cuore e concediamo tutto di noi stessi.

Trascorriamo circa due ore a parlare ininterrottamente della nostra vita. Non mi sono mai sentita tanto ascoltata e tanto a mio agio come in quest'occasione. Mi racconta della sua vita, dei suoi studi e del motivo per cui è diventato responsabile nell'azienda in cui lavora. Mi racconta della sua passione per le barche e per i viaggi, ma non dice niente della sua vita sentimentale. A tal proposito, faccio ripetute domande ma ogni volta, prontamente, cambia argomento e riesce a deviare il discorso senza rivelare alcun indizio. Io, invece, parlo serenamente della mia storia con Matteo. Gli racconto tanti dettagli, come se stessi parlando ad un'amica di lunga data. Spesso, mi accorgo di raccontargli avvenimenti che non ho mai svelato a nessuno, ma la sua pazienza e la sua dolcezza nell'ascoltarmi e il suo modo di approcciarsi a me mi rendono tranquilla e spensierata ed io mi sento tremendamente a mio agio, forse troppo.

– Stella, ma sono le otto, tra mezz'ora inizia il concerto e siamo già in ritardo!

Mi prende dolcemente la mano e mi accompagna alla sua auto parcheggiata appena fuori dal locale. Una berlina bianca, lucida e splendente, ripulita per l'occasione, immagino. Mi apre lo sportello come un gentiluomo e m'invita ad accomodarmi. È così gentile e premuroso ed io sono al settimo cielo. Durante il concerto, cerca la mia mano delicatamente e ne accarezza il palmo, guardandomi e sorridendo dolcemente. Ascoltiamo musica classica per circa un'ora: un vero inedito per me, ma molto piacevole.

Terminato il concerto, siamo entrambi affamati: mi accompagna in una locanda fuori città, un luogo modesto ma molto accogliente. La sala in cui ci accomodiamo è molto piccola, appena tre tavoli. Le pareti sono coperte da un'enorme esposizione di bottiglie di vino.

Mi sento in imbarazzo: di fronte a me è seduto un uomo che fino a qualche ora fa era un perfetto sconosciuto o poco più e ora sembra l'amico di una vita, il compagno di mille avventure e la persona su cui puoi sempre contare. Ridiamo e scherziamo bevendo del buon vino fino a tarda sera. Il luogo e le persone che ci circondano non hanno né colore né volto; siamo sospesi sopra una bolla incantata, il mondo è sotto i nostri piedi e noi siamo lassù, in alto, ad ammirarci. Terminata la cena, mi prende la mano e mi accompagna al piano superiore, dove una piccola porta ci conduce a una terrazza panoramica. Il paesaggio è mozzafiato: le luci della maestosa Madrid illuminano il cielo, in lontananza, come a formare una lucente aurea sulla città. Sopra di noi, un oceano di stelle brillanti.

Lui si avvicina e teneramente mi accarezza il viso, spostandomi i capelli dietro alle orecchie; mi trascina verso di sé e con tanta dolcezza mi stringe in un abbraccio infinito. Sento i suoi respiri profondi, e ascolto il battito del suo cuore, proprio accanto al mio orecchio. Chiudo gli occhi e vorrei che quell'abbraccio non finisse mai; vorrei che quelle forti braccia non si aprissero perché così mi sento protetta e al sicuro. La sua morsa è forte, il suo respiro è profondo e la sua mano mi accarezza la schiena come a volermi dire qualcosa, ma senza le parole. Rimaniamo in quella posizione per un lungo periodo, senza parlare: le parole non servono quando un semplice gesto provoca emozioni tanto forti.

Mi chiede se sono stata bene ed io prontamente rispondo che lo sono stata, fin troppo. Nessuno fino ad ora mi aveva provocato tanto frastuono dentro per tanto poco ma l'esperienza mi è piaciuta davvero e sono pronta a rifarlo. La serata si conclude con altre chiacchiere lungo il tragitto verso casa ma questa volta molto frivole e distaccate. Scendo dall'auto, saluto e volo verso casa.

Entro nella mia stanzetta. Giulia dorme profondamente; la guardo nell'ombra della notte, è così serena e bella mentre riposa. La osservo, silenziosa, provando un profondo sentimento di affetto nei suoi confronti. Vorrei abbracciarla e darle un bacio per trasmetterle anche la mia serenità e pace interiore. La serata con Fernando è andata davvero bene, mi sento un leone, mi sento felice e vorrei condividere con lei questo momento magico. Penso di rimandare il progetto all'indomani, così mi preparo per la notte e mi fiondo sotto le coperte del mio spoglio lettuccio.

Provo a chiudere gli occhi, ma lo sguardo e le parole di Fernando echeggiano nella mente come un temporale. Ho ancora innanzi a me i suoi grandi occhi e sento la sua voce dolce: com'è stato strano il nostro incontro, quanto vicini siamo stati pur mantenendo le distanze fisiche. Quante affinità abbiamo io e questo straniero; quanto ho imparato di lui in qualche ora trascorsa insieme e quante domande senza risposte. Mi giro e mi rigiro ancora; questa notte non riesco a prendere sonno eppure è molto tardi ed io mi sento davvero stanca.

Il suono della campana, proveniente dalla chiesa vicina, mi sveglia e mi dice che sono già le undici di una bella giornata domenicale. Giulia non si trova più nel suo letto ma io non ho ancora le forze e la voglia di alzarmi. Sorrido al ricordo della serata passata; provo ad allungare un braccio per raggiungere il cellulare posato sulla scrivania la notte precedente quando noto che ci sono tre messaggi, tutti provenienti dal numero di Fernando.

F. Ore 4.45: "Ciao Stella, volevo solo ringraziarti per la meravigliosa serata passata insieme..."

F. Ore 4.53: "Dimenticavo di dirti che sei stupenda..."

F. Ore 5.25: "Quando ci rivediamo?"

Deglutisco e rileggo i messaggi di Fernando. Sono senza parole, la sua dolcezza è straordinaria, non sono abituata a tanto affetto e mi sento spaesata. Anch'io sono stata bene e devo ringraziarlo, ma ho paura di apparire troppo affrettata e non voglio mostrarmi già affezionata a lui. Non voglio svelare troppo presto le mie carte, voglio rimanere il più possibile distaccata. E poi, non conosco quest'uomo, non conosco il suo passato; in fondo non conosco nulla di lui, nemmeno quanti anni abbia. Non voglio nemmeno apparire maleducata e allora decido di rispondergli:

S. Ore 11.41: "Ciao Fernando, grazie a te, anch'io sono stata bene, a presto!"

Non trascorre qualche minuto che lui prontamente risponde:

F. Ore 11.43: "Buongiorno Sole, dormito bene?"

S. Ore 11.43: "Mi chiamo Stella, comunque sì, ho dormito bene, grazie."

F. Ore 11.43: "Ah, lo so che ti chiami Stella, ma io ti chiamerò Sole, perché per me sei la stella più luminosa che conosca. E poi non mi sembra che tu abbia dormito tanto bene, visto la risposta scontrosa che mi hai dato."

"Cavolo, ha ragione! Sono stata arrogante" penso. Non voglio rispondergli subito, voglio lasciarlo riflettere e voglio riflettere anch'io. Che bello svegliarsi e avere una persona che ti sta pensando. Mi alzo felice dal letto e vado in cucina a bere un bicchiere d'acqua; finalmente incontro Giulia che mi guarda con due occhietti socchiusi e un sorrisetto malizioso in volto.

– Che cosa hai fatto ieri sera fino a tarda notte? – chiede Giulia.

Così mi siedo al tavolo con lei e le dico tutto ciò che è successo la sera precedente. Mentre le racconto ogni particolare, mi sembra di essere uno strumento musicale che intona la sua melodia e che tra una pausa e l'altra fa uscire un suono tanto dolce e soave da incantare chiunque gli passi vicino. Leggo sul volto di Giulia una felicità che si fonde con la mia, mi ascolta senza battere ciglio, è entusiasta quanto me della bella serata che le sto raccontando. Adoro quando lei mi ascolta davvero, quando sembra immedesimarsi nelle descrizioni che le faccio e quando esprime il suo parere nonostante tutto: non nasconde mai i suoi pensieri, anche se in contrasto con i miei, non m'incoraggia solamente, ma mi consiglia distaccata e mi rimprovera quando serve. Quest'atteggiamento, che entrambe teniamo reciprocamente, ci fa avvicinare sempre più e fa crescere e rafforzare la nostra amicizia. Anche oggi, terminato il mio racconto sdolcinato, lei mi guarda e dice: — Stella, ma chi è quest'uomo che mi hai appena descritto? Lo conosci davvero? Mi sembra che tu stia correndo troppo, tesoro!

Ha ragione. Le ho raccontato una favola, una bellissima favola: la ragazza, stupida, che incontra il principe azzurro e in una sera s'innamora perdutamente. Mi sento ancora addormentata in quel libro incantato e Giulia sta cercando di risvegliarmi e di riportarmi alla realtà.

– Ti ha detto quanti anni ha? Ti ha detto se è fidanzato, chissà, sposato forse?

– No, non mi ha raccontato nulla della sua vita sentimentale, anzi, ogni volta che ho chiesto qualcosa ha trovato il modo di cambiare discorso – le rispondo io.

– Ecco, appunto. Stella, non farti incantare da un uomo più grande e furbo di te! E poi, noi siamo qui solo di passaggio, ricordi, vero?

Adoro Giulia. La guardo e rimango in silenzio per qualche minuto, mentre lei attende la mia risposta, paziente e calma come solo lei sa essere.

– Sì, hai ragione Giu, lo so, siamo qui solo di passaggio. Non voglio innamorarmi di nessuno e poi, come hai detto tu, non lo conosco. Mi ha mostrato però che è una bella persona e siccome sono stata bene in sua compagnia, non ci vedo nulla di male se capiterà altre volte di incontrarlo. Non sarò io a cercarlo, lascerò che sia lui a farlo; poi sarò io a decidere. Sei sempre così lucida e razionale, ti adoro – replico io con tanta delicatezza.

Sorridiamo ancora una volta e ci abbracciamo forte. Mi piace quando non freniamo i nostri sentimenti e li dimostriamo apertamente; non mi vergogno per niente di volerle bene; è splendido abbracciarsi e scambiarsi affetto, penso sia il motore di una vita serena.

Molte persone trattengono le emozioni, positive o negative che siano, per paura delle critiche o i giudizi degli altri, frenati dai tabù o dalle religioni, da un'educazione rigida priva di sentimenti e amore. Sono convinta che le persone sarebbero più felici se riuscissero a dimostrare apertamente il loro affetto: l'amore non ha né sesso né nazionalità, l'amore è calore, colore, felicità, crescita e benessere interiore ed esteriore. Una persona innamorata è felice e una persona felice è una persona positiva, attiva e potente.

Oggi mi sento una guerriera: forte e fiera, ma non credo di essere innamorata. Decido di non rispondere a Fernando per tutto il giorno e noto con dispiacere che anche lui non si fa sentire. Così, la domenica volge al termine; io e Giulia facciamo una bella passeggiata per le vie della città insieme, poi la accompagno come di consueto al suo posto di lavoro, la saluto e torno a casa.

Mentre cerco le chiavi di casa dentro la borsa, sento dietro alle mie spalle sopraggiungere un'auto; trovo le chiavi e mi accingo ad aprire il portone, quando sono improvvisamente bloccata da un braccio. Il sangue si gela dentro le vene, quando mi accorgo che accanto a me c'è l'uomo che la sera prima mi ha dolcemente accompagnato a cena.

– Ciao Fernando, che spavento mi hai fatto prendere.

– Ciao Stella, perché non mi hai risposto per tutto il giorno? Ero in pensiero per te! – replica Fernando.

– Scusa, Fernando, non mi è successo nulla. Ho oziato tutto il giorno e... mi sono dimenticata di risponderti, mi dispiace.

Il mio racconto non regge la presenza di Fernando che mi osserva attonito, così gli chiedo scusa e gli racconto che non ho voluto rispondergli per non sembrare affrettata: in effetti, ho avuto paura e ho preferito attendere e riflettere sull'accaduto della sera precedente.

– Bene e cosa hai pensato, quindi? – chiede Fernando.

– Beh, ho pensato che ieri sono stata davvero bene, dovremmo rifarlo, quando ce ne sarà la possibilità, non credi? – gli propongo io.

– Sì, lo credo anche io, quindi stasera ti voglio portare in un posto, se ne hai voglia.

Come al solito, rimango esterrefatta dal suo atteggiamento ma non mi tiro indietro e decido di seguirlo, non prima però di essermi fatta una doccia ed essermi cambiata gli abiti indossati per tutto il giorno; una comoda e generosa tuta da ginnastica, il mio outfit preferito.

Mentre sono sotto la doccia, mi sento felice; sono contenta che lui mi abbia fatto una sorpresa. Chissà dove vorrà portarmi! Sono eccitata e curiosa come una bimba in fila al cinema. Non vedo l'ora di vivere il film di questa sera. È tutto nuovo per la mia giovane età e lui è così romantico, imprevedibile, perfetto. Fernando mi sembra *un angelo caduto dal cielo* venuto sulla terra per accompagnarmi in un mondo nuovo, fatto di felicità e amore ed io sono pronta a seguirlo e imparare a vivere da adulta.

Così prendiamo la sua auto e imbocchiamo la superstrada che conduce fuori città. Dopo circa trenta minuti arriviamo in un quartiere residenziale, pieno di villette indipendenti: ciascuna possiede un giardino ben curato e un porticato più o meno generoso. Entriamo nel garage di una villa color bianco avorio, una casa degna di un film di Hollywood. Ora mi sento a disagio e sono intimorita: cosa ci fa una ragazza di periferia con un uomo adulto in una villa tanto ricca?

Fernando capisce il mio imbarazzo e prontamente mi afferra per mano e mi rasserena chiedendomi con voce dolce se ho voglia di salire. Faccio un respiro profondo e ascolto nel profondo del mio cuore: cosa potrà mai succedermi se entro in casa sua? Così gli sorrido e lo seguo tranquilla.

Entriamo in un bellissimo salotto allestito con divani di pelle nera e un maestoso caminetto già acceso: mi fermo a osservare le fiamme mentre lui gentilmente mi prende la giacca e la ripone dentro ad un enorme armadio a muro. Rimango in piedi di fronte al caminetto aspettando che il calore del fuoco riscaldi il mio corpo; ricordo i bei momenti vissuti nella casa in campagna dei nonni, quando da piccolina trascorrevo molto tempo insieme a loro. Il camino era spesso acceso e il fuoco, così come l'acqua, ha sempre avuto il potere di catturare la mia attenzione.

– È tutto a posto, Sole? – chiede Fernando.

– Sì, grazie, Fernando, il camino mi ricorda quando ero piccola e mi piace molto, sono felice che tu ne abbia uno in salotto – rispondo io.

– Vuoi sederti davanti al fuoco? Ti prendo qualcosa da bere mentre preparo la cena, hai fame? Tieni, puoi sederti su questa coperta, se preferisci, e appoggiarti ai cuscini che trovi sul divano.

– Sì, grazie, ma non ho molta fame.

In effetti, ho lo stomaco abbastanza chiuso, sono frastornata da tutto questo lusso, ho paura di essere nel posto sbagliato. Provo a non pensarci e aspetto curiosa la cena che prepara solo per me, mentre sorseggio un ottimo aperitivo che mi ha appena portato. Nel frattempo mi guardo attorno ma non trovo alcuna foto di donne, bambini o altro: "Com'è possibile che non ci siano fotografie in questa casa?" penso.

Il mio pensiero vola a camera mia, una stanza piccola ma piena di fotografie che catturano i momenti più importanti della mia breve vita. Credo che le foto donino allegria, colore e siano l'ideale per non dimenticare pezzetti di noi e delle persone che vivono insieme a noi, anche se per breve tempo.

I miei quadri sono colmi di foto mie e di Giulia scattate durante le nostre gite scolastiche o durante qualche bella festa mondana o ancora in tutte quelle occasioni dove abbiamo vissuto attimi di felicità pura: momenti che rimarranno impressi per sempre su quella carta lucida dal profumo di alcool e di stampa e pronte, in ogni istante, a mostrarmi che siamo state davvero felici, io e lei insieme. Vorrei essere in questo posto magnifico insieme a lei per condividere un nuovo momento di serenità; la sua distanza mi riempie il cuore di malinconia ma credo che anche lei sarà felice per me quando le racconterò ogni dettaglio di questa serata che sembra cominciare davvero bene.

Dalla cucina sento provenire un buon profumo di carne, ma non voglio allontanarmi dal calore delle fiamme che ora sono più forti che mai, allargatesi grazie ad un grosso pezzo di legno secco che Fernando ha posato sulla brace prima di portarsi ai fornelli. Credo che Fernando sia anche un ottimo cuoco; il profumo di cibo incomincia a farmi venire un certo languorino, quando la sua dolce voce mi chiama.

– Vieni in cucina, la cena è pronta.

Mi alzo volentieri, sono incuriosita dalle pietanze che un uomo tanto singolare ha cucinato solo per me.

Mi chiedo quanti uomini al mondo siano in grado di stupire la propria donna con un gesto tanto semplice e così naturale come preparare una cena. Entro in cucina e rimango sorpresa dalla tavola che mi trovo di fronte: un grande tavolo in vetro, apparecchiato con sottopiatti in vimini, piatti di ceramica di tanti colori e due bicchieri ciascuno, per bere vino e acqua. Il profumo della carne che poco prima arrivava fin nel salotto era quello di un filetto cotto con salsa al pepe verde e panna. Un maestoso piatto di verdure fresche e ben tagliate accompagna il secondo. Tutto è squisito: pane fresco ben riposto in un semplice cestino, vino rosso proveniente dalla Borgogna, carne tenera e ben cotta e infine un bel piatto di verdure di stagione. Non potevo desiderare di meglio.

– Grazie davvero, Fernando, è tutto squisito.

Noto, con immenso piacere, che mi guarda mangiare in silenzio come fosse attirato da un miraggio. Mi sento osservata ma allo stesso tempo desiderata e apprezzata per il mio appetito. Questo mi sembra un ottimo ringraziamento per aver preparato delle vivande perfette.

- Il piacere è tutto mio, Sole, ammirarti mentre gusti ciò che ho preparato per te! Non potrei essere più felice di così, tesoro mio.

Arrossisco alle sue dolci parole, prendendomi qualche secondo di pausa per riflettere. Mi sento bene con quest'uomo; mi sembra di avere attenzioni che mai fino ad ora avevo ricevuto da nessuno.

Dopo cena, lasciamo la tavola apparecchiata e torniamo al quadro meraviglioso che il fuoco del camino offre. Siamo seduti a terra, l'uno accanto all'altro, appoggiati semplicemente su morbidi cuscini. Delicatamente mi sfila gli stivali e comincia a massaggiarmi i piedi.

La sensazione è sublime: chiudo gli occhi e mi lascio massaggiare senza proferire parola. Non posso esprimere le sensazioni che provo in questo momento magico e, allora, preferisco tacere e godermi le mie emozioni.

Le sue mani sono morbide e calde; anche lui rimane in silenzio mentre dai piedi comincia a salire ai polpacci e poi su, lungo l'intera gamba. Vorrei che questo massaggio non finisse mai: lui continua a massaggiarmi il polpaccio e il piede; poi mi chiede di togliermi i pantaloni, perché gli impediscono di massaggiarmi al meglio la gamba. In questo momento sono su un altro pianeta, ma la sua proposta non mi trova d'accordo. Preferisco non togliermi i jeans ed è allora che lui si ferma e mi guarda intensamente negli occhi. Rimaniamo fissi per diversi minuti finché lui mi accarezza il viso e lentamente si avvicina al mio orecchio sussurrandomi di essere felice.

– Stella, sono felice che tu sia qui a casa mia e di potere godere con le di questi bellissimi momenti. Non mi sono mai sentito tanto sereno con una donna, tu mi doni pace e tranquillità e la tua presenza mi rende felice, per questo ti ringrazio tanto e spero che questa magia con te duri per tanto tempo. Grazie, grazie davvero.

Sono sorpresa e incredula per le parole che ho appena ascoltato. Che cosa ho fatto per suscitare tali sentimenti in questa persona? Sono stata sempre me stessa, una ragazza semplice, una giovane di periferia, una qualunque. Non mi sento speciale o diversa dalle altre. E allora cosa trova Fernando in me di tanto speciale?

Si avvicina e mi porge un dolce bacio sulla guancia già arrossata dalle sue precedenti parole. Parliamo per tutta la sera del nostro incontro e dell'affinità che ci unisce. È incredibile quanto poco ci conosciamo e quanto tanto ci assomigliamo.

Le nostre sono vite vissute in città lontane, circondate da persone completamente diverse; abbiamo avuto esperienze differenti ma ci uniscono una complicità e un'affinità degne di due amici di lunghissima data.

È ormai notte fonda quando decido di fare ritorno nella mia umile dimora. Giulia mi starà sicuramente aspettando ed io non voglio farla preoccupare. Il tempo insieme a Fernando è volato, sono stata una regina seguita e coccolata per tutta la sera ma ora è tempo di andare a dormire, ognuno a casa propria. Lui è stato cortese in ogni atteggiamento e in ogni parola, non abbiamo faticato a trovare argomenti di conversazione; è stato difficile stargli così vicino e non poterlo abbracciare, baciare e accarezzare. Quanto avrei voluto sentire il suo respiro addosso, il desiderio di toccarlo a volte mi distraeva ma entrambi abbiamo resistito alla tentazione e ora ci lasciamo con un bacio innocente sulla guancia e un grande desiderio di rivederci al più presto.

Entro in camera, sono le quattro e trenta e Giulia è seduta sul mio letto con il cellulare in mano.

– Ciao Stella, ero preoccupata, dove sei stata? – mi chiede Giulia.

– Oh, Giulia, sono stata a casa di Fernando, è un angelo, abbiamo cenato insieme e poi abbiamo chiacchierato tutta la notte – le rispondo io.

– Stella, ma cosa ti sta succedendo? Io sono felice per te, ma ho paura che questa storia finisca per farti del male. Tra qualche mese dobbiamo tornare in Italia, e poi cosa accadrà? – continua Giulia.

– Tu hai perfettamente ragione, se penso a ciò che dovrei fare, non ci sono dubbi che non devo lasciarmi andare. Ma tu non puoi capire come mi sento quando siamo vicini. Siamo un'unica persona, non ci sono barriere tra noi, è come se ci conoscessimo da sempre, pensiamo e facciamo le stesse cose e non abbiamo bisogno di tante spiegazioni quando parliamo perché ci capiamo anche solo con gli sguardi, senza usare neppure le parole. Stasera è stato magico, mi ha portato a casa sua, devi vedere che bella! Possiede una villa in periferia, con il caminetto in sala e una cucina grande come la nostra casa qui a Madrid. Mi ha preparato la cena con le sue mani. Ha massaggiato i miei piedi infreddoliti e mi ha coccolato tutta sera senza chiedermi nulla in cambio. È stato cortese e educato, Giulia. Un uomo dolce e premuroso come credevo non esistesse. Cosa devo fare? Dovevo dirgli: no, grazie? Non voglio una cena servita davanti a un caminetto? Non voglio un massaggio e un po' di compagnia? Dimmi, Giulia, cosa devo fare? Che cosa faresti tu al mio posto? Io voglio essere felice, e in questo momento lo sono tanto soprattutto quando siamo insieme. Perché dovrei rinunciare a tutto questo? – farfuglio confusa.

Giulia ascolta in silenzio, seduta sul nostro letto. Non ha aperto bocca da quando ho cominciato il mio racconto e ora anche lei è perplessa. Mi guarda con i suoi occhioni fissi, senza battere ciglia. Mi allunga il braccio, prende il mio e mi porta vicino a sé, sul letto.

– Ste, io non posso dirti quello che devi fare, non conosco la strada per la felicità, purtroppo, sono solo la tua migliore amica e se tu ti senti bene, allora io non posso che condividere il tuo stato d'animo. Ti ho osservata mentre raccontavi la vostra serata e guardando i tuoi occhi ho visto una luce abbagliante, lo splendore di una ragazza soddisfatta e serena. Questo è ciò che desidero io, più di ogni altra cosa: io voglio il meglio per te, perché se tu sei felice, lo sono anche io – mi dice dolcemente.

Ci abbracciamo forte e ci guardiamo fisse negli occhi lucidi; il discorso si chiude in questo modo, il migliore che potessi desiderare.

Sprofondiamo presto in un sonno profondo, lasciandoci alle spalle un weekend da incorniciare e da ricordare per tutta la vita. Oggi ho capito che esistono uomini diversi da quelli incontrati fino ad ora. Esistono uomini veri che desiderano condividere con una donna discorsi e coccole e non solo sesso. Esistono persone vere che hanno ancora il desiderio di essere felici nelle cose semplici; riescono a trovare piacevole trascorrere del tempo abbracciati ad una donna ammirando le fiamme del fuoco di un camino; riescono a provare piacere dandone agli altri. Questa è lo spirito giusto per intraprendere la *strada della felicità*, e forse, oggi, ho trovato le indicazioni per poterla imboccare. Mesi fa ho intrapreso il mio viaggio, con una persona speciale, per capire cosa vi fosse oltre al confine di casa mia. Oggi ho trovato una realtà meravigliosa fatta di amore e di condivisione.

CAPITOLO 5

La settimana comincia in salita: aver dormito poche ore mi rende irascibile e la concentrazione al lavoro è davvero difficile. Fernando si comporta come se tra noi non fosse mai successo nulla e quest'atteggiamento mi rende più nervosa che mai. La giornata finisce presto ed io sono sollevata quando finalmente riesco a gettarmi sul letto e chiudere i miei occhi doloranti.

Continuo a pensare a Fernando e al suo atteggiamento distaccato di oggi: "Perché mi tratta in questo modo?". Sembrava che questa notte fosse stato sincero con me e invece mi sto rendendo conto che forse ho vissuto solo un bellissimo sogno; oggi mi sono risvegliata e la realtà è ben diversa da ciò che mi aspettavo.

Ho la testa frastornata dai pensieri di un weekend da favola e gli occhi mi bruciano dalla stanchezza: stringo forte a me il cuscino e lascio cadere gocce di tristezza. Non appena riesco a calmarmi, mi addormento e dormo tutta notte senza nemmeno sentire il ritorno della mia compagna di stanza. Il mattino seguente mi sento meglio e affronto la giornata in modo più sereno. Mi reco al lavoro e incontro Fernando sulle scale non appena prima di entrare in aula.

Lui mi guarda, sorride e mi chiede: − Ciao Sole, come ti senti oggi? Ieri ti ho vista stanca, mi dispiace, la colpa è mia che ti ho trattenuto fino a tarda notte. Ma ne è valsa la pena, non credi?

- Ciao Fernando, ah allora parli con me! Credevo non mi riconoscessi più. Ieri non mi hai degnato nemmeno di uno sguardo! Ieri ero talmente stanca da non sopportare niente e nessuno. Hai fatto bene a starmi lontano, non sarei stata per nulla di compagnia. Ma oggi sto meglio grazie – replico sorridendo io. Questo nostro breve colloquio mi rasserena. Era tutto ciò che volevo sentire da lui: che tutto fosse a posto e che nulla fosse svanito tra noi. Ora mi sento molto meglio. La settimana trascorre velocemente e senza sorprese. Nessun invito, messaggio o chiamata. Così, Giulia, io e Andrea decidiamo di rilassarci un pomeriggio in una bellissima SPA con piscina, sauna, doccia cromatica ed emozionale e tante possibilità di riposo. Io sono molto stanca e ho bisogno di allontanarmi dalla città e dai pensieri di quell'uomo che non riesco a capire. Mi aspettavo un coinvolgimento maggiore e invece mi sembra che la nostra storia cresca a tratti, in modo molto discontinuo. Entriamo nella struttura e cominciamo a respirare un'aria diversa, fatta di profumi delicati e musica soft. Le ragazze alla reception sono molto cortesi; ci offrono un kit ciascuno e ci accompagnano nello spogliatoio. Dentro il kit troviamo un accappatoio caldo e morbido, un paio di ciabatte e un set di saponi per la doccia.

– Cosa ne pensate?

– Bello, Stella, mi sento già bene. Non vedo l'ora di entrare in piscina!

Siamo finalmente io e le mie coinquiline e stiamo per cominciare la nostra giornata di relax. Usciamo dallo spogliatoio e siamo accompagnate all'ingresso della piscina: la porta in vetro si apre e una nuvola di vapore esce rapidamente all'esterno. L'atmosfera è accogliente: l'aria è calda e umida, alcuni bastoncini colorati rilasciano un gustoso profumo nell'ambiente e pareti in pietra grigia circondano ogni locale, formando nella piscina centrale una cascata. Decidiamo di entrare subito nella piscina più grande: l'acqua è calda e colorata; seguiamo il percorso delle luci e arriviamo in un punto dove vi sono alcune sedute. Mi stendo, chiudo gli occhi e mi godo il momento. L'atmosfera è serena e tutto è perfetto. I colori, gli odori, la temperatura e la musica di sottofondo ci permettono di sciogliere le tensioni della settimana. Scivolo lentamente verso il fondo della piscina, piegando leggermente le gambe e chiudendo gli occhi per un momento: mi sembra di sprofondare in un meraviglioso sogno, l'acqua calda, le bolle dell'idromassaggio poco distante e una dolce musica si diffonde proprio sotto il pelo dell'acqua.

– Giulia, hai sentito la musica sotto? – mi rivolgo a Giulia.

– Sotto, dove? – dice lei prontamente.

Fuori dalla vasca vi è una melodia mentre la musica che si diffonde attraverso l'acqua e si percepisce solo in immersione è diversa. Questo gioco di musica e acqua è davvero inconsueto. Rimaniamo entrambe stupefatte. Godiamo del momento in pacifico silenzio; fortunatamente ci siamo solo noi e una coppia di fidanzati in cerca di intimità. Nuotare mi piace abbastanza e mi riporta alla mia infanzia quando trascorrevo molto tempo in compagnia di mio padre in spiaggia. L'estate era una stagione meravigliosa per il mio rapporto con lui. Entrambi adoriamo la vita da spiaggia e trascorriamo molto del nostro tempo libero in mare: nuotiamo fino allo sfinimento rimanendo sempre uno al fianco dell'altro, fermandoci solo quando la spiaggia è lontana all'orizzonte. Adoriamo guardare la costa meravigliosa e caotica ma così silenziosa e magica da quella distanza.

Non vedo l'ora di tornare a casa e attendo la stagione estiva con tanto desiderio, anche per condividere con l'unico uomo della mia vita, mio padre, questi momenti indimenticabili! Purtroppo, ultimamente succede sempre più di rado, perciò cerco di godermi il ricordo. Mi immergo nuovamente in acqua, chiudendo i miei occhioni, con l'immagine della bambina di un tempo, togliendomi per qualche istante i vestiti della ragazza che sta per diventare donna. Riemergo appagata e soddisfatta dal bel pensiero e mi trovo di fronte la mia migliore amica e Andrea che mi implorano di seguirle nella "stanza del vapore". Entriamo come all'interno di una nuvola; scorgiamo a malapena alcuni sedili in pietra dove sederci. L'aria non è soffocante ma il vapore si appiccica alla nostra pelle come un lecca-lecca nelle manine di un bambino. La seduta è scomoda e fredda ma l'aria umida quando inalata provoca una sensazione rilassante e depurativa dentro di noi; forse è solo una sensazione ma l'emozione è comunque piacevole. Rimaniamo all'interno di questa stanza per diversi minuti in assoluto silenzio. Poi cominciamo a riassumere le nostre avventure una di seguito all'altra, come una collezione di ricordi indelebili che ci porteremo dentro il cuore per tutta la vita.

Incomincia Giulia con il primo Capodanno trascorso insieme da quando ci conosciamo. Un salto nel passato di circa sette, otto anni. Al tempo eravamo a casa di un nostro compagno di scuola e dopo aver velocemente consumato la cena che con cura avevamo preparato per tutto il pomeriggio, cominciammo a danzare su alcune melodie lente. Naturalmente, io e Giulia rimanemmo inizialmente in disparte a guardare gli altri. Eravamo sedute vicino a un caldo caminetto mentre ridevamo del comportamento di alcune nostre compagne un po' troppo volgari per noi. Non avevamo alcuna intenzione di buttarci nella mischia anche perché le musiche lente non erano proprio le nostre melodie preferite, quando d'improvviso, il "bellone" della classe si avvicinò a Giulia chiedendole un ballo. Lei, arrossita, gli tese la mano e timidamente lo seguì al centro della stanza. Lui dolcemente si avvicinò, le appoggiò la mano sulla schiena e con l'altra portò le mani di Giulia attorno al suo collo. Rimasero stretti a ballare per molti minuti, muovendosi lentamente e con armonia; la musica li trasportò in una bella danza sensuale, i corpi serrati l'uno all'altro come fossero un unico corpo, le gambe incastrate tra loro. Terminata la musica, capirono di essere circondati da tutti gli amici che li fissavano immobili. A dire la verità neppure Giulia capii esattamente quella strana sinergia che li aveva uniti quella sera ma ricordo solamente che finirono in un angolo della stanza a baciarsi ripetutamente.

– Che ricordi meravigliosi abbiamo delle feste passate insieme! – le ripeto io.

– Come cambiano le mode, vero, Stella? – dice Giulia sorridendo.

A quel tempo fare una festa a casa di qualcuno e trascorrere del tempo insieme era il massimo a cui si poteva aspirare. Mangiare con i propri compagni e ascoltare buona musica in compagnia; corteggiare l'amica e sfiorarsi ballando: la bellezza e la genuinità della felicità dei ragazzini ai tempi delle scuole medie. Andrea ci ascolta meravigliata e ci fissa come se fosse a teatro mentre io e Giulia stiamo recitando una instancabile commedia.

Quindi ricordiamo la festa di compleanno di Matteo. Era un sabato sera di una breve e freddolosa giornata invernale. Avevamo organizzato una festa di compleanno a sorpresa per il mio fidanzato in una piccola casetta in campagna appartenente alla nonna di Giulia. Insieme a lei, nel pomeriggio, andammo a pulire la cantinetta; quella settimana era caduta una grande quantità di neve. Le strade per arrivare a casa di nonna Teresa erano pulite ma il vialetto per accedere alla cantina era completamente ricoperto di un candido manto, alto circa cinquanta centimetri. Passammo tutto il pomeriggio a creare un varco di accesso alla porticina sul retro; quando arrivarono i nostri amici, dovevamo ancora prepararci e finire di allestire la stanza a festa. Quella sera finimmo stese addormentate sul divano della cantina, mentre i nostri amici godevano delle vivande che io e Giulia avevamo portato per tutti loro. Ci risvegliammo il mattino seguente abbracciate come due sorelle, inconsapevoli degli avvenimenti della sera precedente ma talmente felici di quel risveglio che nulla c'importava, tanta era la sensazione di grande benevolenza che nasceva tra di noi. Forse quel mattino fu il primo giorno di reale consapevolezza del nostro rapporto; capimmo che la nostra amicizia era forte e il nostro legame si stava consolidando ed era diventato davvero unico e magico.

A quel ricordo, che sembra per entrambe essere ancora vivido e forte, ci avviciniamo e ci abbracciamo: i nostri occhi riescono ad incontrarsi nonostante il vapore e i volti distesi e sorridenti ci raccontano uno stato di consapevolezza tra noi e di amore vero, reale. Sprofondiamo in un abbraccio meraviglioso; rimaniamo incollate per alcuni secondi percependo l'emozione che cresce in noi e consapevoli che niente e nessuno potrà mai inserirsi tra le nostre braccia o tra i nostri sentimenti.

Anche Andrea sembra coinvolta in questi vecchi ricordi e senza nessuna timidezza prende parte all'abbraccio in modo quasi inaspettato. Infatti, in tutti questi mesi è stata una coinquilina abbastanza silenziosa e riservata; viviamo sotto lo stesso tetto ma abbiamo orari diversi e le occasioni d'incontro sono molto rare. Siamo felici che oggi anche lei abbia partecipato a questa rilassante giornata insieme a noi.

Proseguiamo il percorso alla SPA con una calda e dolce tisana, bevuta distese su un comodo sedile dentro alla stanza del sale.

– Ho un buco allo stomaco, voi non avete fame? – chiedo io.

– Che ne dite di venire in locanda stasera e cenare lì mentre io lavoro?

Io e Andrea decidiamo di andare a mangiare alla locanda da Giulia e farle quindi un po' di compagnia anche al lavoro.

Dopo i racconti sul passato, comincio a parlare di Fernando e le confesso che sono molto delusa dal suo comportamento.

– Vorrei sentirlo e vederlo più spesso, ma lui non mi considera durante la settimana e nel weekend riesco a stare con lui a singhiozzo. È sempre molto impegnato. Mi piacerebbe sapere cosa fa e perché è sempre così impegnato anche il sabato e la domenica.

– Stella, non ti preoccupare, è un uomo che sta costruendola sua carriera, probabilmente sono impegni di lavoro. Ma ora non pensare a Fernando e godiamo di questa giornata meravigliosa. Grazie per avermi portato qui, sono stata molto bene. Con te lo sarei anche in una capanna scalcinata – mi rassicura mentre si rivolge a me sorridendo.

La nostra giornata di relax si conclude con una lunga e calda doccia. Ci asciughiamo e ci rivestiamo con molta calma. Dobbiamo proseguire con lo spirito di rilassatezza che oggi pomeriggio abbiamo respirato in questa nuova avventura insieme. Quando ci avviciniamo all'uscita, scorgo in lontananza l'automobile di Fernando e con un sobbalzo mi rivolgo preoccupata verso Giulia e le dico quasi imbarazzata:

– Giulia, c'è Fernando là fuori. Cosa diavolo vorrà adesso?

– Forse vuole solo salutarti, stai tranquilla. Senti, io m'incammino, ci vediamo al locale più tardi, va bene? – mi chiede Giulia. Io le faccio un cenno col capo e mi dirigo verso di lui.

Fernando scende e si appoggia all'auto continuando a fissarmi. I nostri occhi non si lasciano nemmeno per un istante: si appoggia allo sportello incrociando le mani sul suo cappotto color grigio e mi attende con il viso felice e un sorriso meraviglioso.

– Ciao – gli dico. Le parole mi escono da sole e senza

controllo. Rimango di ghiaccio di fronte alla sua bellezza, intrappolata da un potere in questo momento più forte di me.
– Ciao, Stella. Ho bisogno di stare un po' con te. Ho chiesto ai ragazzi del corso dove potevo trovarti ed eccomi qua. Vuoi cenare con me stasera? – mi chiede.
– Fernando, io... – non riesco a pronunciare altre parole, ho una tempesta di sentimenti dentro di me. Sono molto delusa dal suo comportamento di queste settimane e in questo momento è la rabbia che prende il sopravvento; sono furiosa, non è possibile essere tanto dolce e distaccato allo stesso momento. Non capisco, prova forti sentimenti nei miei confronti e poi, durante la settimana, nemmeno uno sguardo, una telefonata, un messaggio. Io non ho fatto altro che pensare a lui, ogni giorno e ogni notte. Mi sveglio col suo sorriso davanti, le sue parole sussurrate all'orecchio, la sua dolcezza, le sue carezze e le sue mani magiche che sfiorano ogni centimetro del mio corpo. Dormo sognando che tutto questo un giorno possa succedere ancora.
– Stella, guardami ancora per favore, non lasciarmi solo, io ti sento e mi piaci tanto, resta con me questa sera, ti prego – mi sussurra all'orecchio lasciandomi sulla guancia un dolce bacio.
– Va bene, ma non pensare che ne sia felice – rispondo io.
– Vedrai che lo sarai! – mi risponde lui. – Ti ho preparato la pizza stasera, con le mie mani, sei contenta?
- La pizza, tu, uno spagnolo che fa la pizza!
Saliamo in macchina, sono davvero pronta ad una serata insieme a quest'uomo? I dubbi mi assalgono, mille domande mi frullano in testa. Vorrei essere al locale da Giulia e non insieme a questo sconosciuto.
Non pronunciamo nemmeno una parola durante il tragitto. Fernando appoggia solo la sua mano sulla mia e la stringe forte. Io chiudo gli occhi e mi abbandono al suo calore, spe-

rando che la giornata finisca al meglio. Non voglio vanificare un pomeriggio tanto rilassante con una pessima serata. Arriviamo alla sua bellissima casa. Entriamo, il camino è già acceso, il profumo di pulito e il calore di una casa tranquilla mi assale immediatamente. Mi prende il cappotto e mi accompagna vicino al camino, pone due grandi cuscini sul tappeto e togliendomi le scarpe mi chiede di sedermi vicino a lui. Decido di rimanere in silenzio e godermi il momento di magia che si sta formando. Lui mi fissa intensamente, e con tutta la dolcezza del mondo mi prende i piedi infreddoliti e mi toglie i calzini. Comincia a massaggiarmi delicatamente.

Io chiudo gli occhi e respiro profondamente: "Cosa c'è di meglio dopo una giornata di relax alla SPA di un bel massaggio ai piedi" penso tra me e me.

Il calore delle sue mani morbide si diffonde sul mio corpo ed io rimango immobilizzata e silenziosa per tutto il tempo, catapultata come in un Eden magico. Il tempo trascorre ed io, tenendomi ancorata al mio maglione e ai miei pensieri incantati, sprofondo in un sogno e mi lascio cullare e coccolare, come la prima volta che sono stata in questa casa, accantonando i cattivi pensieri e la rabbia che poco prima mi aveva assalito.

Lui è delicato e silenzioso. Preferisce accarezzarmi e annusarmi avvicinando il suo viso alle mie gambe. Mi cosparge di piccoli baci su tutti la pelle che trova scoperta; poi si distende sopra di me e mi stampa un bellissimo bacio sulla guancia. Mi fissa con i suoi teneri occhioni e mi chiede se è stato bravo e se sono soddisfatta.

Dentro di me sono felice e soddisfatta ma come mio solito non riesco ad esternare i miei sentimenti; forse è la paura di rimanere delusa o forse perché in questi ultimi giorni lui non si è meritato il mio sentimento, ma io rimango fredda e distaccata nonostante il mio desiderio di stringerlo, baciarlo ed accarezzarlo, a mia volta, sia quasi irrefrenabile.

Fernando sorride e mi sussurra: — Anche se non mi rispondi, io sento che tu sei soddisfatta e a me basta questo, non importa se non me lo dici, non servono parole per capire che mi regali ogni volta momenti magici – si alza e si allontana verso la cucina.

Io mi alzo d'improvviso, corro verso di lui e con un piccolo salto mi aggrappo al suo corpo, cingendolo con le braccia attorno al collo e con le gambe attorno alla vita. Lui mi risponde con un abbraccio altrettanto caldo e con un meraviglioso bacio sulle labbra. Rimaniamo stretti per un minuto circa, ascoltando il ritmo del cuore dell'altro, e il nostro respiro sembra diventare unico, si miscela e pian piano vibra all'unisono.

– Inforno la pizza, mi aspetti cinque minuti? – mi chiede.

– Sì, ti aspetto davanti al camino – rispondo io.

Mentre torno verso il calore del fuoco, penso che non abbia alcun senso essere arrabbiata con lui e penso che se lui si comporta in questo modo ha validi motivi; spero solo che un giorno li voglia condividere con me. Sto bene tra le sue braccia e per il momento mi è sufficiente.

Mangiamo una squisita pizza farcita con tante verdure.

– Peccato che tu non abbia utilizzato la mozzarella – gli dico io. – Per il resto sei stato davvero bravo, Fernando. Ma dove hai imparato?

– Mi ha insegnato mia nonna, lei è di origine italiana e io ne sono fiero.

Ora capisco perché parla così bene l'italiano. Durante la cena mi racconta dell'unica occasione che ha avuto per andare in Italia. Ha visitato il Sud del nostro meraviglioso paese. Sua nonna è pugliese e lui è rimasto impressionato dalle bellezze che ha trovato nel Bel Paese: coste meravigliose, paesaggi incontaminati, molti monumenti storici che raccontano il passato e un'accoglienza unica verso gli stranieri. Poi ha sottolineato la presenza di donne meravigliose.

– Le donne italiane sono davvero molto belle e simpatiche –continua Fernando.

– Grazie, ma come vedi non sono tutte uguali – sorrido io.

– Tu, Stella, sei uno splendore. Sono felice di averti incontrato e non so come farò quando finirà il corso, ci vedremo lo stesso, vero?

– Io tornerò in Italia quest'estate, pensavo lo sapessi, Fernando.

Il volto di Fernando cambia repentinamente espressione; il suo sorriso scompare e le sue mani incominciano a tremare come se d'improvviso fosse scesa una coltre di neve e il gelo fosse entrato in questo angolo di paradiso.

– Stai scherzando, vero? – dice con voce vibrante lui.

– No, Fernando, non scherzo, parto a giugno e se le cose non cambiano penso che la mia esperienza in Spagna termini qui.

– Non voglio pensarci ora, voglio godermi tutto il tempo che ho con te. Ne riparleremo quando sarà il momento. Pensavo ti piacessero la Spagna e la mia città, ma soprattutto pensavo che ti piacesse stare in mia compagnia.

– Certo che mi piace tutto questo e non ho detto che non ritornerò in futuro. Ho solo detto che a giugno ritornerò in Italia e poi si vedrà dopo l'estate quale sarà il mio destino.

Torniamo a sederci sui cuscini accanto al fuoco. L'ambiente è abbastanza caldo e rilassante. La musica che Fernando ha scelto per me è perfetta per l'occasione. Lo osservo silenziosa quando la sua mano comincia ad accarezzarmi il viso e il corpo. Non voglio svegliarmi da questo stato quasi ipnotico e decido di lasciarmi trasportare da quest'uomo che tanto mi affascina. Le sue mani mi stanno avvolgendo il fondoschiena, mi ritrovo a pancia in giù senza esserne consapevole; continuo a viaggiare in un luogo incantato e lui, silenzioso, è il mio angelo che desidera solo farmi piacere.

– Ti vuoi togliere la maglia, Stella? Mi piacerebbe continuare a massaggiarti tutto il corpo.

Non rispondo alla sua domanda; mi sfilo in silenzio il maglioncino e la canotta e le lancio lontano, verso la poltrona. Lui mi slaccia dolcemente il reggiseno e comincia a sfiorarmi la schiena con le labbra appena umide. Il suo respiro diventa una soave melodia che risuona tra le mie scapole e le mie costole.

Mi ricopre di olio e continua il suo "lavoro" su tutto il mio corpo finché lo ritrovo disteso sopra di me, in silenzio, quasi in apnea, aspettando che sia io a proferire parola.

Preferisco non spezzare questa magia, mi volto, completamente nuda, e lo stringo tra le mie braccia e le mie gambe. Divento un lenzuolo avvolgente attorno al suo corpo, non riesco ad aprire bocca, la voce si è bloccata in gola; riesco solo a guardarlo dritta nei suoi occhioni verdi e baciarlo.

Ci baciamo intensamente finché lui mi chiede: – Vuoi fare l'amore con me, Stella?

Non ho alcun dubbio, sono pronta, non m'importa delle conseguenze, io lo desidero tanto; faccio un cenno col capo e gli sorrido. Lui mi sorride e passiamo la serata più romantica e travolgente di tutta la mia vita.

Non esiste un momento in cui lui non sia totalmente concentrato su di me; è una sensazione unica, un brivido avvolgente che circonda il mio corpo, un fuoco che accende il mio stomaco e sale fino al petto e poi su fino al mio capo abbandonato. Il suo sguardo cerca in ogni istante la mia approvazione e questo senso di sottomissione nei miei confronti mi apre un nuovo paradiso in terra: io, abituata all'egoismo ed egocentrismo dell'uomo, mi sento la regina della scena e questa sensazione rende la serata un'esplosione di gioia e passione.

Rimaniamo distesi l'uno accanto all'altra, con un braccio intrecciato nell'altro, guardando un soffitto senza fondo, una casa senza pareti: siamo entrambi a occhi aperti ma con la testa proiettata in un altro luogo.

Si avvicina al mio orecchio e mi sussurra dolcemente: – Lo sapevo che sarebbe stato così bello, ti amo, sai?

Ho un sussulto. Una lacrima scende sul mio viso accaldato, forse non ho capito perfettamente. Mi appoggio sulla sua spalla e gli chiedo di ripetere la frase perché penso di non aver udito alla perfezione.

– Ti amo, Stella, sei la cosa più bella e dolce che mi sia capitata in tutta la mia vita. Non ho dubbi, con te mi sento bene e sono sicuro che ciò che provo per te sia sincero. Tu mi doni serenità e fiducia; questi sentimenti non ero mai riuscito a trovarli prima d'incontrarti.

– Fernando, io… non ho parole, credo che parlare di amore in questo momento non sia corretto, non penso di essere pronta per ascoltare queste parole, mi dispiace.

– Come vuoi, Stella mia, non preoccuparti, io sono sicuro di ciò che provo per te, ma se tu non sei ancora pronta ad accettarlo, io aspetterò tutto il tempo che vorrai. Sei bella. Mi piace ogni particolare di te e se fossi una donna, vorrei essere come te, col tuo fisico, il tuo carattere e la tua dolcezza.

Su questa frase chiudo gli occhi e rimango in silenzio; sono spiazzata, felice, ma davvero sorpresa. Nessuno fino ad ora mi aveva mai detto parole tanto profonde e importanti.

"Davvero gli piace il mio corpo? E poi il mio carattere non piace a nessuno! Io, dolce?" tante domande si formano nella mia mente. In questo momento non voglio discutere, mi sento bene e non voglio spezzare la magia che si è creata tra noi.

- Anche tu mi piaci, Fernando, se sapessi quante volte ho desiderato essere in questa situazione! Grazie per ciò che mi fai provare, sei davvero speciale; spero che l'incantesimo che si è creato tra noi non si spezzi mai.

Ci abbracciamo forte; sentiamo i nostri cuori battere forte l'uno nel petto dell'altro e guardandoci negli occhi ci diciamo allo stesso momento la medesima frase: "BUm, BUm".

Entrambi sentiamo lo stesso suono, l'identica emozione, il medesimo senso di benessere.

- Anche se tu non me lo vuoi dire, io lo sento ciò che provi per me, non è necessario che tu me lo dica, tesoro! – afferma Fernando.

- Io ho fame, tu? – gli chiedo io per uscire da questo labirinto di pensieri. Non mi piace mostrare la parte più dolce e sensibile di me. Sono ancora troppo giovane e timida forse, mi sento fragile quando apro il mio cuore e ho paura di essere ferita.

- Io ti parlo di amore e tu mi dici che hai fame? Abbiamo appena fatto l'amore ed è stato sublime e tu parli di cibo? Sole, quanto sei diversa dalle altre. Quanto ho faticato per trovarti, non credere che ti lascerò andare tanto facilmente, amore mio.

- Ma tu da dove sei uscito? – gli chiedo improvvisamente io.

- Io sono sempre stato qui, nell'attesa di incontrare una donna come te.

Una donna tanto giovane quanto responsabile.

Una donna bellissima.

Una donna con un cuore immenso ma ben protetto.

Una donna che sa ciò che vale e dove vuole arrivare.

Una donna da amare e proteggere per tutta la vita. Non voglio perderti ma viaggiare insieme a te, tenendo stretta la tua mano per sempre.

- Io non so che dirti, lo sai che tra qualche mese io tornerò a casa mia in Italia, non credo riusciremo mai a viaggiare insieme. Dovremo organizzarci, prendere scelte importanti e non credo sarà tanto facile – rispondo prontamente io.
– Allora facciamoli questi progetti. Sono convinto che se ci organizzeremo non avremo problemi. Non posso lasciarti andare ora che ti ho trovato, ho bisogno di te, Stella.
Rimango congelata sulla parola PROGETTI: quest'uomo parla con me di progetti. Penso di svenire da un momento all'altro; cosa significa costruire qualcosa insieme? Lo guardo con gli occhi sbarrati di una bambina al suo primo giorno di scuola.
Incontro il suo dolce sorriso e trovo comunque la serenità di pochi minuti fa.
Fernando capisce il mio stato d'inquietudine; mi abbraccia forte cercando di tranquillizzarmi e calmarmi. Si avvicina al mio viso e mi sussurra le parole più dolci che avrei voluto sentire in questo momento.
- Sole, stai tranquilla, non devi preoccuparti ora di ciò che faremo, vedrai che lo capiremo al momento opportuno. Ora godiamoci tutto il tempo che possiamo passare insieme e quando vorrai tu, ne riparleremo, siamo in due e decideremo insieme tu ed io.
Mi bacia appassionatamente facendo risorgere in me il desiderio di possederlo ancora. Cerchiamo di controllarci entrambi ma il desiderio è talmente forte che non riusciamo a staccarci, nessuno dei due desidera altro che il calore del nostro abbraccio e il rumore dei nostri sospiri.
Penso alla mia vita infelice. Penso alle occasioni sbagliate con il mio ex fidanzato: quanto tempo perdiamo dietro a persone che non meritano il nostro amore? Quante volte ho pianto per l'uomo sbagliato che mi ha rubato anni della mia giovane vita? Oggi, questa nuova esperienza mi apre le *porte*

della felicità: quella che va cercata con tutte le nostre forze, senza accontentarsi mai delle occasioni semplici, della vita facile, perché dietro a quel portone c'è un mondo meraviglioso da scoprire e da vivere.

Tante volte mi sono seduta in terra, accanto al termo di camera mia e mi sono ritrovata a soffocare un pianto inutile, una tristezza struggente da spezzare il cuore, senza invece accorgermi che il mondo è grande e l'amore può trovarsi ovunque, anche nei luoghi più remoti e nelle occasioni più impensate.

La ragazza triste, oggi, non c'è più! La ragazzina al servizio degli altri oggi è diventata una donna forte e indistruttibile. Oggi mi sento un leone e sono pronta a entrare nell'arena della vita con un entusiasmo differente. – Stella, ma ci sei?

– Dio mio, Fernando – dico io, – ero persa in alcuni pensieri maledetti che da oggi non faranno più parte di me, grazie a te tesoro! – e gli allungo un bacio enorme e una stretta che arriva in fondo al cuore. Siamo felici insieme. Stare vicini ci dona serenità e per il momento è tutto ciò che desideravo. Non mi serve altro.

Dopo la magnifica serata, Fernando mi propone di rimanere a dormire da lui; io non me la sento e lui gentilmente capisce e mi riaccompagna a casa. Arrivati davanti al portone, mi blocca per un braccio e mi allunga il bacio della buonanotte più dolce del mondo. Volo per le scale e come una libellula arrivo davanti al mio letto gettandomici sopra felice. Chiudo gli occhi con la consapevolezza che domani sarà un giorno migliore, nuovo.

CAPITOLO 6

Sono seduta su un'altalena e ammiro il magnifico paesaggio montano che ho attorno a me. Non lontano da me, mio padre siede su una piccola e vecchia panchina scolorita e usurata dal tempo e dalle intemperie. L'odore della terra bagnata e del legno che si sta asciugando mi avvolge; adoro i profumi limpidi e ben definiti, quelli che in città fatichiamo tanto a respirare.

Mio padre mi guarda come fossi la sua fonte d'ispirazione; una bambina felice e tranquilla che lascia muovere i capelli al vento e che osserva le montagne, respirando la tranquillità del momento e della giornata di sole.

Io continuo a spingermi dolcemente sulla mia altalena e lui continua a seguirmi con lo sguardo. Passiamo minuti, forse un'ora in questa posizione, entrambi con la consapevolezza che a noi non serve altro. Ci accontentiamo delle emozioni semplici.

D'improvviso la voce di mia madre ci chiama e ci invita a tornare in casa per la cena.

- Andiamo? – chiede lui.

- Sì, papà, andiamo!

Avrei voluto tanto chiedergli di rimanere ancora e credo che anche lui avrebbe desiderato moltissimo farlo ma nessuno dei due voleva discutere. Il pomeriggio era stato talmente rilassante e appagante per entrambi che non osammo replicare alla richiesta della mamma.

Apro gli occhi e mi accorgo di aver sognato mio padre. D'improvviso cominciano a scendere copiose lacrime sul mio pallido viso. Sono parecchi mesi che manco da casa e la nostalgia delle persone a me care inizia a diventare importante.

Allontanarsi dalle abitudini e dal proprio ambiente provoca un senso di libertà e un sentimento di gioia apparente; ben presto la libertà tende a diventare solitudine e la gioia inquietudine. Le abitudini rappresentano la certezza e la tranquillità e quando scompaiono, le giornate diventano difficili da portare a termine. In questi mesi il mio obiettivo è stato quello di arrivare a sera per trascorrere del tempo con Giulia, la mia unica certezza dentro questo viaggio lontano dagli affetti e da casa.

Non riesco a controllare le lacrime; cosa ho mai fatto perché accadesse tutto ciò? Cosa mi sta succedendo, ora che sono felice? Che cosa vuole dirmi il mio subconscio? Ho mille domande che mi scorrono nella testa e al momento non riesco a dar loro una risposta. Non riesco a collocarle nel luogo e nell'ordine corretto.

Mi asciugo con il lembo del lenzuolo, il primo appiglio di fortuna, con la speranza che oltre alle lacrime porti via al più presto anche questo senso di malinconia.

Mi volto per cercare la mia dolce Giulia; la trovo ancora sprofondata in un meraviglioso sonno. Mi alzo e mi avvicino al suo giaciglio. Mi siedo su un sofà poco lontano da lei e inizio a fissare il suo dolce viso rilassato.

Quanto è bella quando dorme? Respira delicatamente ed ha un viso così rilassato che mi rassicura anche senza parlarmi. Questo, come tanti altri momenti, sono per me magici e indispensabili; le voglio un mondo di bene. Sono davvero fortunata ad avere un'amica così speciale al mio fianco.

Che cosa ne sarebbe dell'uomo se non ci fossero l'amicizia e l'amore per le persone che vivono insieme a noi? Come potrei svegliarmi e sapere di non avere una spalla su cui piangere o con cui sorridere? Ogni giorno mi sveglio e mi alzo, perché fuori c'è un mondo da scoprire e conquistare, c'è un amico nuovo da incontrare e un'esperienza non solo da vivere ma da condividere. Quando esco di casa e incontro persone tristi, vorrei fermarle e parlare con loro, ascoltare ognuno di loro e iniettargli quella che io chiamo *flebo di buon umore*; vorrei portarli davanti a quel portone e aiutarli ad aprirlo per scoprire cosa c'è là dietro, cosa c'è dietro ad ogni difficoltà: *la felicità.*

Cosa ne sarà di noi quando lasceremo questa terra, non lo sappiamo, ma a noi deve importare cosa c'è qui oggi e cosa vogliamo trovare domani. Non ci sono ostacoli insormontabili, ci sono solo problemi affrontabili e farlo insieme a qualcuno rende la salita meno impervia. Raggiungere la meta in compagnia non è solo felicità fine a se stessa ma è condivisione.

Giulia si sta svegliando, apre gli occhi e sussulta appena mi scorge: – Cosa ci fai lì impalata a fissarmi? – dice prontamente.

– Ti guardavo dormire, Giu... sei uno spettacolo.

– La smetti di fare la scema, dimmi che ore sono e cosa hai combinato ieri sera, non ti ho nemmeno sentita rientrare.

Inizio a raccontarle la mia serata. La malinconia di pochi istanti prima è ormai un ricordo lontano quando il mio viso s'illumina di gioia nel descriverle ogni particolare della serata precedente... la condivisione... appunto.

– Stella, non sei innamorata, vero?

– Giu, ma come faccio a non innamorarmi dell'uomo della mia vita? Come faccio a non lasciarmi andare a un'esperienza che mi rende felice?

– Ma Stella, torniamo a casa tra qualche mese! Come pensi di portare avanti una storia a distanza?

Io prontamente le rispondo che non ci penso. Non posso affrontare la mia felicità: perché dovrei farlo? Perché mi devo porre un problema oggi quando posso vivere un sogno meraviglioso? Dovrei forse essere triste oggi per essere felice domani? E se in questo modo fossi triste sia oggi che domani? Penso sia stupido per un adulto limitare la propria felicità pensando a un futuro migliore. I bambini sono migliori degli adulti a vivere spensieratamente; perché non proviamo a essere come loro ogni tanto? Voglio vivere questa storia senza pormi domande, senza dovermi privare neanche di un momento di felicità, perché dovrei? No, non voglio assolutamente, non fa parte del mio carattere scappare dalla realtà. Devo affrontarla e se questo comporterà delle conseguenze, pagherò le mie pene, ma con la consapevolezza che l'ho voluto fortemente e coscienziosamente.

– Quanto t'invidio, Stella, io non ho la tua forza ma condivido le tue idee e ti starò vicino sempre e comunque. Tu sei mia amica e ti rispetto e ti sosterrò sempre.

Le parole di Giulia mi rassicurano, questo è lo spirito di amicizia, sincerità e sostegno, non voglio altro da lei.

Per le vacanze di Natale abbiamo trascorso solo una settimana a casa. Tra un pranzo e una visita ai tanti parenti sparsi in tutta Italia, ho avuto davvero pochissimo tempo per riposare e vivere con i genitori. Mia madre mi ha viziato e coccolato come accadeva quando ero piccola e io mi sono lasciata trasportare ancora una volta. Affidarsi alle cure e all'amore di una madre non ha età e non ha uguali. Penso di avere preso almeno due chili ed avere ricaricato le forze per arrivare all'estate prossima. Le vacanze sono trascorse talmente veloci che non ho avuto nemmeno il tempo di sentire la mancanza di Fernando. E, a quanto pare, nemmeno lui ha sentito la mia: non ho ricevuto nemmeno un messaggio o una chiamata ma ormai ci sono abituata e non ci ho fatto caso più di tanto.

Una cosa su tutte, seppur breve, sono riuscita a fare e ne sono davvero fiera. La mattina di Natale mi sono svegliata di buonora e sono andata a fare una passeggiata sulla riva del mare. Ho indossato i miei guanti di lana calda e morbida e una buffissima berretta, che con tanto amore mi è stata regalata da mia nonna, e sono letteralmente fuggita sulla battigia. Il freddo era pungente ma la vista dell'orizzonte ed il profumo di salsedine hanno reso il momento magico, come fosse il 15 di Agosto. Ho respirato il profumo del mare e dei suoi abitanti a pieni polmoni. Ho pianto guardando l'orizzonte e ho liberato la mia mente dai pensieri negativi.

Oggi ne è rimasto solo il ricordo; siamo di nuovo a Madrid e l'inverno sta pian piano lasciando spazio alle temperature più miti della primavera. Le giornate trascorrono velocemente, tra lavoro e locanda. Finalmente è arrivato il fine settimana. Venerdì pomeriggio, poco prima dell'orario di uscita dal lavoro, Fernando mi invia una mail con scritto di presentarmi nel suo ufficio non appena i nostri colleghi fossero usciti tutti.

Attendo che l'ultima persona esca dall'aula e mi presento incuriosita nel suo ufficio.

– Ciao, eccomi qua – dico io.

– Entra, Sole, sei splendente!

– Dai, Fernando, mi fai arrossire!

Lui prontamente si avvicina alla porta e delicatamente mi prende la mano e mi accompagna davanti alla sua scrivania. Non mi ero mai accorta del delicato profumo della sua stanza: un odore di legno appena lucidato e una fragranza di menta o limone che dona all'ambiente un tocco di freschezza e pulito. Mi sento bene e rassicurata dal calore della sua mano. Lui mi stringe forte a sé e mi sussurra soavi parole all'orecchio; prende tra le mani una busta, me la porge e mi chiede di aprirla. Al suo interno due biglietti aerei per Barcellona. Rimango in silenzio per alcuni secondi e poi rispondo: – Mah, quando?

– Partiamo stasera – risponde prontamente lui.

Inizio a sentire un calore che sale dalla bocca dello stomaco; le gambe tremano e il fiato s'interrompe. Rimango immobile davanti all'uomo che sta rapendo il mio cuore e lo sta portando in una dimensione nuova, inaspettata.

Fernando mi stringe la mano e mi avvicina al suo petto; con tanta dolcezza mi tranquillizza e mi dice che possiamo rimandare senza alcun problema, abbiamo solo un'ora per decidere e per preparare un bagaglio improvvisato. Sospiro, chiudendo gli occhi e cercando un minuto di relax. Devo prendere una rapida decisione. Sono pronta ad affrontare questa nuova avventura; sono pronta per conoscere una nuova città insieme all'uomo che amo. – Ok, Fernando, andiamo; sono felice, mi sorprendi ogni giorno di più, cosa mi devo aspettare per il futuro?

– Nulla, Sole. Solo ciò che vogliamo e quando lo desideriamo, ma insieme! Andiamo a prendere il tuo bagaglio e poi corriamo in aeroporto, l'aereo ci aspetta.

Andiamo di fretta al mio piccolo appartamento, dove salgo velocemente e in meno di dieci minuti sono sulla sua auto con un piccolo zainetto. Prendo il telefono e avviso Giulia prima di imbarcarmi in questa nuova avventura con l'uomo che è riuscito a rapire il mio cuore.

Il cielo è già scuro, le stelle sono splendenti e l'aria è fresca. Ogni cosa è perfetta per questo primo viaggio insieme a lui. Sono al settimo cielo e in poco tempo atterriamo a Barcellona in perfetto orario.

Alloggiamo in un lussuoso albergo posto nelle vicinanze del centro storico. Non appena in camera, Fernando mi spoglia delicatamente e mi distende nel letto. Comincia ad accarezzare ogni parte del mio corpo ed io piuttosto imbarazzata gli chiedo se posso fare prima una doccia. Sono molto stanca, provata da una giornata piena di novità. Vado in bagno e con grande stupore noto la presenza di un'accogliente vasca da bagno. Accendo l'acqua e chiedo a Fernando se desidera fare un bagno caldo insieme a me. Riempiamo la vasca e sprofondiamo rapidamente dentro l'acqua tiepida e profumata. L'eccitazione sale immediatamente e il nostro desiderio esplode e trionfa sulla stanchezza di una settimana lavorativa. Rimaniamo in acqua per molto tempo, cercando di soddisfare i desideri dell'altro; Fernando è di una delicatezza unica, mi fissa negli occhi aspettando la mia approvazione. Accarezza delicatamente ogni parte del mio corpo e segue i miei movimenti con l'attenzione di un pasticcere mentre crea la sua torta nuziale.

Non ci sono parole tra noi ma solo sguardi dolcemente sincroni e perfettamente in simbiosi. Siamo uno all'interno dell'altro come una fusione perfettamente riuscita; siamo due metà di una mela che qualcuno ha tagliato ma che siamo riusciti a ricostruire e a riattaccare.

Chi riuscirà a separarci? Cosa ci fermerà ora?

Due domande a cui in questo momento non saprei proprio rispondere. Fernando è il mio uomo, non ho alcun dubbio. La ragazzina ferita di pochi mesi fa non esiste più, sta sorgendo un'alba nuova nel mio cuore. Fernando esce dalla vasca e delicatamente mi offre un accappatoio bianco splendente, profumato e morbido. Io esco dall'acqua come una bambina tra le braccia della propria madre. Mi lascio asciugare e coccolare a occhi chiusi. Penso a quanto questo gesto sia premuroso e amorevole, sono ancora una bambina, non più tra le braccia di una madre ma tra le braccia di un uomo, il mio.

– Che cosa pretendi da me, Fernando? Cosa ti aspetti?

– Che domande fai, Sole? Io non pretendo nulla da te, vorrei solo condividere il nostro tempo, poco o tanto che sia, mi bastano le briciole, non voglio tanto!

Le briciole. Che strana metafora. Io vorrei dargli tanto di più e invece lui si accontenta delle briciole. Le sue frasi non sono mai banali e fanno crescere in me sempre tanti pensieri. Ogni volta che mi parla, mi arricchisce e io gliene sarò grata per sempre. La serata continua all'insegna della tranquillità e della serenità; ci ritroviamo ben presto nel letto dell'albergo a dormire come due cuccioli stanchi dopo una giornata molto intensa.

Sono circa le tre di notte quando la sua mano sfiora la mia schiena calda e rilassata. Sento il suo respiro passare tra i miei capelli ribelli e le sue morbide labbra sfiorare il mio collo. Seguo il suo respiro e i suoi movimenti. Si avvicina, mi accarezza la schiena, mi toglie la camicetta, scende sul mio fondoschiena e comincia a baciare ogni angolo del mio corpo. Rimango immobile, allungo le braccia e stringo forte il cuscino sotto il mio viso. Mi sento bollente, un calore crescente comincia a pervadere tutto il mio corpo; passiamo diversi minuti in questa posizione, poi d'improvviso Fernando si avvicina, sale sopra di me e mi possiede. Io vorrei girarmi, baciarlo e guardarlo nel viso e invece lui continua a tenermi stretta. Mi prende le mani tra le sue, le intreccia dietro la mia schiena e le stringe forte come per confortarmi e rassicurarmi.

– Ti piace, tesoro? – mi chiede mentre continua dolcemente.

– Oddio, sì, mi piace, amore mio.

Il sole entra nella stanza da una lieve fessura tra i lembi della tenda. Sono le nove di una meravigliosa mattina. Apro gli occhi e trovo l'uomo della mia vita accanto a me, con le braccia piegate sotto la testa, gli occhi chiusi e quel respiro dolce e profondo di una persona rilassata e serena, nel pieno di un confortevole sonno. Rimango immobile e lo fisso.

Adoro osservare le persone quando dormono; questo momento mi ricorda il dolce viso di Giulia che vedo, fortunatamente, ogni mattino, nel nostro angolo di paradiso, a Madrid.

Il viso di Fernando è dolce, rilassato e pallido. Provo a immaginarlo abbronzato e sorrido all'idea che tra qualche mese scoprirò anche il colore della sua pelle non più pallida. Dorme come me, prono, con le mani incrociate sotto il viso e con le gambe piegate.

"Quanto è bello" penso. Vorrei alzarmi, prendere il cellulare e fargli una foto, vorrei immortalare questo momento ma non appena mi muovo lui, apre gli occhi, mi fissa e mi chiede: — Dove stai andando, Sole? – il suo sguardo è perso, sinceramente preoccupato per il mio allontanamento. – Da nessuna parte, volevo solo prendere il cellulare e farti una foto.

Lui sorride e allunga le braccia, mi afferra e mi trascina verso di sé. Mi stringe, mi coccola e mi bacia come se non mi vedesse da tanto tempo. Rimaniamo abbracciati, respirando quasi con lo stesso ritmo, desiderando che questo momento duri il più a lungo possibile, senza parole, ma con un amore che ci avvolge entrambi, un calore pieno di rumore, oltre qualsiasi parola.

– Non aprire mai le braccia, per favore! Non lasciarmi cadere – dico io.

– Non lo farò per nessun motivo al mondo, ora che ti ho trovato, non puoi più fuggire.

Appoggio la testa sul suo braccio e mi perdo in un mondo alternativo.

Nella mia mente riemergono le vecchie scenate con Matteo. Una fredda e piovosa sera invernale, ero al portone di casa in attesa del suo arrivo. Attendevo il sabato sera per poter trascorrere insieme a lui qualche ora del nostro tempo; ero felice di vederlo, di abbracciarlo e di condividere con il mio fidanzato ogni piccolo gesto e momento. Attesi inutilmente per oltre mezz'ora, presi il telefono e feci rapidamente il suo numero. Dopo pochi squilli mi rispose una voce fredda: − Cosa c'è? – disse Matteo quasi scocciato.

– Ti stavo aspettando, Teo. Non ti sei dimenticato di venire a prendermi, vero?

– Non riesco a venire, sono già al bar, con gli altri, se vuoi raggiungerci, ti aspettiamo qui – replicò prontamente.

Chiusi rapidamente il telefono e guardai fuori dalla finestra. Una fitta pioggia scendeva tra gli alberi del viale di casa mia. Erano quasi le dieci di un freddo sabato sera e il mio fidanzato non era venuto a prendermi. In quel periodo non mi rendevo conto della scarsa importanza che Matteo attribuiva alla nostra relazione. Lo giustificavo continuamente, pensavo fosse colpa mia; credevo di non essermi spiegata a sufficienza.

Uscii di casa in fretta, con la paura di raggiungere i miei amici o chi credevo lo fossero, troppo tardi. Presi il mio scooter e affrontai la pioggia, preoccupata esclusivamente di arrivare dal mio cavaliere il prima possibile.

Avevo gli occhi innamorati, la luce di una fanciulla felice nel vedere il proprio amore; ogni suo atteggiamento negativo finiva presto nel dimenticatoio ed io accusavo ogni ferita senza capirne il motivo.

Oggi capisco. Oggi capisco che l'amore non deve essere un obbligo e non servono catene. Se ami una persona, la devi lasciare libera, libera di sbagliare, di cadere e rialzarsi ogni volta che lo desidera.

Ho sofferto tanto per un amore che non lo era. Oggi le ferite sono diventate la mia forza; le cicatrici mi ricordano le sofferenze e quando guardo Fernando, sospiro e sorrido: quanto diverse sono le persone. Quante qualità si celano dentro ad ogni corpo. L'uomo e la donna sono esseri imperfetti ma insieme diventano perfetti. Le coppie diventano famiglie se condividono le imperfezioni; i colori uniti si sfumano e producono meravigliosi dipinti. I quadri di Renoir, ad esempio, sfumano i colori dell'imperfezione e producono capolavori.

Io e Fernando siamo un capolavoro di colori perfettamente sfumati; il suo braccio si fonde con il mio viso e il suo profumo s'intreccia con i miei ricci creando un quadro meraviglioso. Le lacrime versate hanno fortificato il mio carattere e oggi posso affermare di essere una donna piena di amore vero. Posso innalzare il mio uomo e insieme possiamo toccare il cielo e volare sul paradiso del nostro mondo. Non importa quanto durerà questo viaggio, l'importante è tenerci la mano stretta l'un l'altro e volare insieme. Un giorno arriveremo al traguardo di questo percorso, forse, e insieme decideremo di aprire il nostro palmo e lasceremo che le nostre vite prendano strade e colori diversi. Oggi va così.

Riapro gli occhi e lo stringo. Lui mi fissa ed io sono consapevole di non poterlo rendere partecipe del mio pensiero. Ci abbracciamo forte. I miei ricordi svaniscono e la luce splendente torna a brillare immediatamente nei miei occhi. Una nuova giornata insieme sta per cominciare ma prima ho bisogno di chiamare la mia sorella di cuore.

– Giu? Sei sveglia?

– Stella, ciao, come stai?

– Una principessa. Ci siamo riposati e oggi andiamo a visitare Barcellona. Tu non preoccuparti, sta andando tutto bene. Ci vedremo domani, ok?

– Ste, non fare la sciocca! Ti amo piccola, divertitevi, ma state attenti. Ti aspetterò domani, non vedo l'ora!

Mi preparo velocemente. Non vedo l'ora di scoprire questa città.

CAPITOLO 7

I colori tenui delle costruzioni e l'aria calda avvolgono le nostre passeggiate per il centro di Barcellona. Da quando abbiamo lasciato il nostro hotel, Fernando non ha lasciato la mia mano nemmeno per un istante. Mi stringe e mi guarda con occhi amorevoli. Sono davvero felice in questo momento e la città mi sembra una favola da scoprire e da vivere con tanta passione, quella che solo quest'uomo mi ha saputo mostrare.

Ogni suo singolo gesto è pieno di dolcezza: io sono il suo unico pensiero e rendermi felice rappresenta lo scopo delle sue giornate. Mentre attraversiamo uno dei tanti meravigliosi vicoli, sentiamo profumo di cibo provenire da non molto lontano. Prontamente Fernando osserva il mio sorriso nell'assaporare questo profumo: – Hai fame, Sole?

– Si tanta e tu? – rispondo io.

Voltiamo l'angolo e troviamo un piccolo locale con tavoli esterni e una meravigliosa vista sul corso pedonale del centro città. Il cielo è sereno e l'aria è perfetta per pranzare all'aperto. Ci sediamo su due piccoli sgabelli in legno e occupiamo un minuscolo tavolino rotondo. Il locale è minuziosamente curato in ogni dettaglio e il personale è davvero accogliente. Il soave profumo che avevamo seguito giunge d'improvviso sul nostro tavolo, prima di poter ordinare qualsiasi pietanza: si tratta di un antipasto a base di pane condito con melanzane, peperoni, olio, sale e aglio. I gusti sono perfettamente bilanciati e il sapore è divino. Accompagniamo il pranzo con della birra locale in bottiglia e del pollo *asado*.

Trascorriamo un'ora all'insegna dei racconti del nostro vissuto ed io sono affascinata dalla serenità che Fernando trasmette quando racconta della sua vita, del suo ruolo all'interno dell'azienda e della sua felice fanciullezza. Sorride sempre e mi guarda come se non avesse mai visto un'altra ragazza prima d'ora: io mi sento importante, apprezzata, considerata, ascoltata e capita. Mi sento amata. Io ascolto, non sono una persona che ama raccontare il proprio vissuto, anche perché, confrontato a quello di Fernando, è piuttosto noioso.

Fernando è cresciuto insieme ai genitori nella periferia di Madrid; ha studiato là ed ha viaggiato tanto insieme a loro ed agli amici. All'età di quindici anni è venuto in Italia per una vacanza estiva. Mi racconta questo viaggio come se fosse stato il migliore della sua vita e nonostante la sua giovane età ha dei bellissimi ricordi delle persone e dei luoghi visitati. Mi racconta limpidamente e in maniera molto dettagliata di aver avuto un incontro con una ragazza italiana anche lei in viaggio con i genitori e che alloggiava nel suo stesso albergo. Il ricordo di questo incontro gli è rimasto nel cuore, anche a distanza di anni, e da quel momento ha sempre avuto un forte desiderio di poter conoscere meglio il Bel Paese. Sorride mentre mi confida che non appena ha saputo che nel suo corso c'ero io, ha avuto un sussulto e uno strano desiderio di ritrovare una bella e simpatica fanciulla come quella conosciuta durante la sua giovinezza. Ha sempre desiderato di poter realizzare questo suo sogno e l'avermi incontrato e trovato per Fernando è un segno del destino. Sorrido al suo racconto; anche per me il destino esiste e le coincidenze non avvengono per caso. Forse qualcuno da lassù o da chissà quale altro luogo manovra la nostra esistenza e invia segnali o persone in un momento della vita in cui ci sentiamo persi e abbiamo bisogno di qualcuno che ci afferri per mano e ci guidi, che ci aiuti a maturare e a tornare felici. Sono stata talmente delusa dal mio ex fidanzato che l'aver incontrato

Fernando in questo momento della mia vita non può essere un caso, forse lo meritavo o forse lui meritava di conoscere me, in entrambi i casi fortunatamente ci siamo trovati e ora sarà molto difficile separarci.

Già! Separarci! Mancano pochi mesi e Giulia ed io dovremo tornare alle nostre case.

Come evolverà la nostra storia?

Come affronteremo il distacco?

Sul mio viso occupa posto un tono di malinconia che ben presto Fernando nota: – Sole, cosa succede? Tutto bene? Ho detto qualcosa che ti ha turbata?

– No, Fernando, nulla. Anzi, sai, anch'io penso che il caso non esista. Sei un angelo caduto dal cielo per stare al mio fianco e mostrarmi cosa sia il vero amore. La mia tristezza è dovuta al pensiero del futuro. Ho paura di perderti; quando tornerò in Italia, cosa ne sarà di noi? – domando io.

– Oh, Sole, non devi pensare a ciò che succederà, ci organizzeremo e saremo più vicini di quanto lo siamo ora. Alle volte non è la vicinanza a rendere incredibile un rapporto. Se c'è l'amore non ci sono problemi, saremo felici vedrai – cerca di rasserenarmi Fernando.

Forse ha ragione, il nostro amore sarà più forte della nostra distanza, ma io sono fragile e so già che sarà difficile.

– So che tu pensi che sarà difficile, lo sarà anche per me, tesoro mio, ma vedrai che cercheremo di trovare un modo per affrontarlo e per tornare ad essere vicini. Se ad esempio io ti offrissi un vero lavoro nella nostra azienda? Tu lo accetteresti? – chiede d'improvviso Fernando.

"Mi ha appena offerto un lavoro vero?" penso tra me rimanendo basita.

– Ma, tesoro, io non voglio elemosinare un lavoro solo per starti vicina. E poi voglio tornare a casa e decidere cosa fare della mia vita, senza essere condizionata da te e dalla nostra conoscenza – un'espressione non troppo convinta affiora sul mio viso. Lui la coglie immediatamente e incomincia a sorridere e a stringermi forte al suo petto come per tranquillizzarmi e rasserenarmi.

– Tesoro mio, non sei obbligata a fare niente, ma tieni in considerazione che se vuoi rimanere in Spagna il lavoro è tuo, ti sei dimostrata la migliore del corso ed io ho bisogno di persone sveglie e intelligenti come te. Non lo faccio per trattenere te ma perché te lo meriti, tutto qua – replica Fernando con tono ora serio e professionale.

Per stemperare la mia tensione torna a raccontare della sua vita ed in particolare delle sue avventure amorose. Mi racconta di aver avuto tante storie ma non importanti e di essersi accorto di avere la necessità di vivere da solo.

– Ma come, una persona dolce come te? È uno spreco per il genere femminile – replico scherzosamente io. Lui mi racconta che non ha mai avuto esperienze appaganti con le ragazze, è sempre rimasto molto deluso dal loro atteggiamento ma, non appena io cerco altri dettagli, Fernando cambia argomento ed evita di parlare delle sue relazioni affettive. Penso che abbia ricevuto una delusione importante ma non mi sento di insistere, voglio renderlo sereno e vederlo imbronciato non è l'obiettivo del nostro viaggio.

Così allungo la mia mano per cercare la sua. La stringo forte e lo fisso amorevolmente. Lui si rilassa e mi sorride felice. Mi prende il viso e mi stampa un magnifico bacio sulla fronte. Mi alzo, mi avvicino al suo sgabello e lo stringo forte a me. Chiudiamo gli occhi e ci crogioliamo in un abbraccio avvolgente e caloroso. Sento il suo cuore che batte accanto al mio e il suo respiro mi passa tra i capelli. Cerco di tornare al mio posto ma Fernando mi trattiene ancora un attimo vicino a lui e mi sussurra: – Sole, non voglio aprire mai più le braccia.

- Sarà difficile rimanere in questa posizione per sempre! – replico io.
È splendido condividere anche il respiro insieme a lui. L'emozione che provoca un così semplice gesto è indescrivibile. Penso sia vero amore. Non riesco a controllarmi quando sono con lui. E poi le sue mani, i suoi occhi. Non fanno altro che starmi addosso ed io adoro essere coccolata e viziata.

Finiti il pranzo e i racconti dell'infanzia, siamo di nuovo pronti per la nostra avventura a Barcellona. Il pomeriggio trascorre troppo velocemente e ci ritroviamo esausti in hotel per l'ora di cena.

- Io non ho fame, sono troppo stanca, andrei a dormire subito.

Non riesco nemmeno a finire la frase che Fernando mi porta sul divano e dolcemente mi toglie i vestiti. Si siede a terra e comincia ad accarezzarmi i piedi e a massaggiarli delicatamente. Io chiudo gli occhi e sprofondo in un sogno meraviglioso.

Sono su un'isola deserta. Davanti a me, solo oceano e sabbia bianca. Il rumore delle onde che s'infrangono sulla battigia e il profumo del mare e dei suoi *abitanti* allietano la mia giornata. Dietro di me palme con grandi e fruscianti foglie fanno da cornice a un quadro meraviglioso. Il sole è basso davanti a me, a simboleggiare che è l'alba o il tramonto; il suo calore non è troppo forte e provo una sublime sensazione di piacere. Sento la sabbia che mi avvolge i piedi e poi improvvisamente mi sale sulle gambe. Rimango immobile e mi gusto il profumo del mare e la brezza del vento, il rumore dell'acqua e il fruscio delle palme. Mi rilasso e penso che quello sia il luogo dove vorrò passare la mia vecchiaia, lontano dal caos della città, lontano dalla confusione e dallo stress delle persone frenetiche, lontano da ogni tipo d'inquinamento. Sì, ne sono sicura, voglio morire in questo luogo, con la persona che amo, mangiare pesce e bere acqua di sorgente...

– Sole, ci sei?

Riapro gli occhi di soprassalto. Davanti a me ancora Fernando che mi chiama e dolcemente mi porta sul letto.

– Ti voglio, adesso – mi sussurra all'orecchio.

Io non dico una parola, lo abbraccio, lo bacio e in pochi attimi lo sento dentro di me. Sono ancora sulla spiaggia ma non sono più da sola. Insieme a me c'è il mio uomo e sulla spiaggia stiamo facendo l'amore. Non faccio fatica a raggiungere l'orgasmo in questa situazione, tutto è perfetto e magico. Lo accarezzo e lo stringo forte, poi lascio che anche lui arrivi al suo massimo piacere.

Rimaniamo sdraiati uno accanto all'altro con le braccia e le mani intrecciate. Non servono le parole. Forse il mio è solo un sogno e domani mi sveglierò accorgendomi che è tutta una finzione. Intanto mi godo il momento e non voglio pensare, non m'interessa nulla di ciò che sarà, viviamo di attimi ed io li voglio vivere a modo mio. Cadiamo presto in un sonno profondo. Il letto è molto confortevole: il cuscino è morbido e profumato, il materasso è comodo e tanto grande da poter tenere fino a quattro persone. L'ambiente è ben pulito e arredato. Di fronte al letto un enorme quadro di un pittore locale mostra l'immagine di due persone distese e indefinite: i loro corpi si fondono quasi come quello mio e di Fernando. "Che strana coincidenza" penso tra me.

Questo viaggio mi sta mostrando un nuovo modo di vivere, una realtà magnifica fatta di condivisione e amore puro. Io mi fido di quest'uomo magico. Un uomo che sembra essere stato catapultato nella mia vita per un preciso scopo, rapire una giovane fanciulla e farle scoprire un nuovo modo di vivere e amare. L'amore incondizionato, quello che non trova ostacoli lungo il cammino, quello che ringrazi il Signore ogni mattino per avertelo donato, quello che credi essere l'amore della tua vita. Mai, dopo la delusione avuta con Matteo, avrei creduto esistessero uomini tanto presenti quanto Fernando. Oggi capisco che una persona, donna o uomo, non deve mai accontentarsi o piegarsi alla volontà del proprio compagno. A suo tempo, credevo che Matteo fosse il ragazzo giusto; ero consapevole che avesse tanti difetti, come tutti, ma in realtà avevo creato una finzione dentro di me e perseveravo a convincermi che fosse realtà e che senza di lui non avrei potuto vivere serenamente.

Oggi capisco che l'amore vero non è fatto di sofferenza, rinuncia o delusione, ma è fatto di gioia, condivisione di esperienze magiche come il nostro viaggio a Barcellona e tanto amore, quello che provo per quest'uomo. Spero di fargli cambiare idea nei confronti delle donne e spero che da domani voglia condividere la sua vita con me e non rassegnarsi a vivere da solo.

Continuo a fissarlo mentre dorme e vorrei essere dentro ai suoi sogni per cogliere i suoi desideri più reconditi. Vorrei renderlo felice e farlo sentire un re come lui sta facendo di me una regina. Il suo modo di ascoltarmi è veramente unico, forse ancor più unico di quello che mi dimostra la mia migliore amica. Non solo mi ascolta affascinato, ma cerca di cogliere nei miei discorsi ogni piccola sfumatura che poi mi propone nei dialoghi successivi. Credo che mi studi ogni volta che mi osserva; cerca le particolarità del mio carattere e del mio corpo in modo quasi ossessivo ma senza essere fastidioso. Dopo poco tempo che ci conosciamo, ha imparato più di quanto abbia fatto Matteo in circa tre anni di rapporto.

Mi addormento fissandolo e mi risveglio con un suo dolcissimo bacio sulle guance fresche e rilassate.

– Buongiorno, oggi fuori c'è un sole abbagliante come te, tesoro mio. – Che gioia svegliarsi con un tenero bacio e con un apprezzamento, sono sicura che oggi sarà un'altra meravigliosa giornata.

Improvvisamente, il cellulare di Fernando comincia a squillare e lui, preoccupato, esce dalla stanza e si chiude in terrazzo. Io lo osservo da sotto il candido lenzuolo del lettone, dove abbiamo dormito; si aggira preoccupato in cerca di qualche forma d'intimità, parlando abbastanza bruscamente ed è alquanto rattristato. Dopo qualche minuto rientra in casa sconsolato.

– Qualcosa non va? – chiedo preoccupata.

– No, tutto ok, stasera devo tornare a casa. Mia madre ha bisogno di me. – Dal tono della sua voce intuisco che qualcosa non va ma non voglio insistere e lascio perdere il discorso.

– Vieni vicino a me? – gli chiedo io. Lui declina l'offerta con la testa e va in bagno. Io rimango basita da questo atteggiamento, evidentemente è successo qualcosa alla famiglia e giustamente è preoccupato. Prendo il mio telefono e chiamo Giulia. Ormai è tarda mattina e lei mi starà sicuramente aspettando. Passiamo alcuni minuti a chiacchierare della mia bellissima gita e lei, rasserenata, mi saluta e mi dice dolcemente che le manco e che non vede l'ora di vedermi.

Già, la mia vacanza è quasi finita, ma sono contenta di tornare a casa dalla mia dolce Giulia.

Scendiamo a fare colazione e noto con dispiacere che Fernando ha ancora la stessa espressione preoccupata di poco prima. Terminiamo la colazione quasi senza far parola. Torniamo in camera, facciamo i bagagli e andiamo a fare il check-out in reception. Mi dispiace lasciare questo nido d'amore, ma le cose belle, si sa, finiscono sempre troppo in fretta. Depositiamo i bagagli e decidiamo di andare a visitare la chiesa più famosa di Barcellona, la Sagrada Familia di Antonio Gaudí, tanto studiata nel mio percorso accademico.

In taxi verso la chiesa, gli prendo dolcemente la mano e cerco di distendere la sua tensione. Lui mi guarda, mi sorride e mi chiede scusa se in qualche modo ha rovinato la nostra mattinata e mi dice che cercherà di rimediare sicuramente e al più presto. Mi stringe la mano e pian piano il broncio che oscurava il suo meraviglioso volto scompare e riappare un sorriso magico e unico. Mi bacia tutta la faccia e mi stringe a sé. Quest'abbraccio sembra una tempesta che con la sua potenza e prepotenza porta via ogni nuvola nera e fa tornare di nuovo il sereno.

Scendiamo dal taxi con un nuovo sorriso e una rinnovata voglia di trascorrere un'altra giornata all'insegna della gioia e della spensieratezza. Il sole è già alto in cielo e noi stiamo passeggiando mano nella mano attorno a questo imponente colosso di architettura. I lavori, purtroppo, non furono mai completati ma la maestosità della costruzione è impressionante. Il mio cuore e quello di Fernando sono sereni come il cielo che ricopre la città. Continuiamo a passeggiare fino a tardo pomeriggio, quando siamo costretti ad andare in aeroporto per tornare alla nostra quotidianità.

Il viaggio di ritorno è molto tranquillo e ben presto mi ritrovo nella modesta casa di Madrid con la malinconia di non poter trascorrere una nuova nottata tra le braccia della persona che ha rapito il mio cuore. Mi stendo sul letto e cerco di aspettare la mia compagna di viaggio sveglia; ben presto mi ritrovo, invece, addormentata sul mio giaciglio.

Improvvisamente sento che qualcuno mi toglie le scarpe e che dolcemente mi manda un bacio da lontano. Apro un occhio e felicemente scorgo la mia dolce Giulia accanto a me.

– Ciao tesoro bello – le dico io.

– Ciao Stella, che bello rivederti. Come stai?

Si affretta ad abbracciarmi e mi stringe forte facendomi sentire che le sono davvero mancata.

Le racconto del mio fantastico viaggio con un entusiasmo tale da abbagliare anche il suo volto. Sono proprio soddisfatta dal weekend trascorso, a tal punto che Giulia presto mi abbraccia ancora e condivide insieme a me la mia gioia. Rimaniamo alzate fino a tarda notte parlando di ogni particolare quando improvvisamente Giulia si blocca di colpo.

–Cos'hai, Giu, ho detto qualcosa di sbagliato? – le chiedo io. Lei mi fissa e con un sorriso contagioso mi racconta di un incontro di sabato sera in locanda.

– Wow Giulia, che bello, voglio sapere ogni particolare, scema, cosa aspettavi a dirmelo?

Così Giulia inizia a raccontarmi di questo giovane madrileno che abita non tanto distante dalla locanda ma che da qualche tempo vedendo Giulia è curioso di conoscerla. È di statura non tanto alta, pelle ambrata, capelli chiari e occhi celesti. Dalla sua descrizione sembra proprio un bel ragazzo ed io sono molto felice se anche lei trova un po' di felicità e amore. Giulia se lo merita; la conosco da tanti anni e anche lei non è mai stata tanto fortunata con il sesso maschile. Ha avuto diverse storie ma tutte finite dopo pochi mesi di frequentazione.

Giulia ha un carattere molto diverso dal mio: è riservata e premurosa. È sempre timorosa nel compiere il primo passo con i ragazzi e preferisce tacere piuttosto che litigare. I suoi ragazzi non l'hanno mai trattata come avrebbe meritato e anche lei, come me, ha bisogno di capire cosa sia l'amore. Dalle sue parole, Marcos sembra una persona molto simile a lei; hanno chiacchierato a lungo e lui sembra essere stato molto cortese e attento nei suoi confronti.

Così hanno trascorso tutta la sera insieme, fino alla chiusura della locanda e poi hanno preso un cocktail in un locale non molto distante da noi. Giulia è davvero contenta di questa nuova conoscenza e non vede l'ora di rincontrarlo l'indomani, durante il suo giorno libero. Io sono molto emozionata per lei; questa è proprio una bellissima notizia. Ci abbracciamo e ci mettiamo a dormire; sono ormai le tre di notte ed entrambe, provate dalla stanchezza, ci addormentiamo in pochi istanti.

CAPITOLO 8

L'appuntamento di Giulia con il suo nuovo amico è fissato per le 14.30. Marcos raggiunge Giulia sotto casa. "Peccato essere al lavoro a quell'ora" penso risentita, "era una buona occasione per conoscerlo!". Il giovane madrileno bussa al portone di casa qualche minuto prima dell'orario previsto e insieme a Giulia escono per una passeggiata nel parco. La giornata è meravigliosa: il sole splende; neppure una nuvola a ricoprire l'azzurro del cielo. La temperatura è gradevole e l'erba dei prati è perfettamente tagliata ed emana profumo di fresco e di pulito. Le persone in questo paese sono molto solari e amichevoli ed anche Marcos lo è. Ha solo qualche anno più di noi e lavora come operatore sanitario in un ospedale privato della periferia di Madrid. Vive da solo da pochi anni ed è single. Ha lasciato casa dei genitori non appena conclusi gli studi e vive in un modesto appartamento insieme ad un altro ragazzo, suo amico.

Decidono di fermarsi in un tratto di parco abbastanza tranquillo, vicino al laghetto. Marcos ha portato una coperta per sedersi sul prato insieme a Giulia. Il pomeriggio trascorre molto velocemente tra risate e sguardi ammiccanti e Giulia è serena e radiosa. A mano a mano che il tempo passa, Giulia e Marcos si rilassano e teneramente si scambiano il primo bacio. Marcos si avvicina mettendole una mano tra i capelli; dolcemente le sfiora le labbra e Giulia ne accompagna il movimento. Il loro primo bacio è dolce e romantico.

Sono quasi le sette di sera quando casualmente ci incontriamo quasi davanti al portone di casa.

- Stella, ti presento Marcos – dice Giulia mostrando fiera il suo nuovo amico.

- Piacere, sono Stella – rispondo. Marcos mi fissa intensamente con i suoi occhioni azzurri mettendomi quasi in imbarazzo. "Certo è proprio un bel ragazzo ma poteva evitare di fissarmi in quel modo, davanti a Giulia" penso tra me. Entro svelta in casa, salutando il nuovo conoscente e rimango in attesa che anche Giulia entri e mi racconti il suo pomeriggio.

Dopo pochi istanti Giulia entra e mi dice che andrà a casa di Marcos per cenare insieme a lui.

- Divertiti, ma stai attenta, l'hai appena conosciuto! – la esorto io. Giulia con un magnifico sorriso mi rassicura: – Non siamo più delle ragazzine, Stella, stai tranquilla, spero di vederti stanotte per darti il bacio della buonanotte, *hasta luego!*

Esce di casa felice come non la vedevo da diverso tempo. Rimango stesa sul letto e comincio a pensare alle molteplici esperienze che stiamo vivendo in questo paese. Da quando siamo arrivate a settembre, cariche di speranza e voglia di scoprire questa realtà, abbiamo accumulato un bel bagaglio di conoscenze e abitudini alle volte simili alle nostre, altre volte nuove e inaspettate. Di certo non ci siamo fatte mancare nulla, soprattutto la felicità di condividere un viaggio insieme e un piccolo pezzetto di vita che terremo per sempre nei nostri cuori e nelle nostre fotografie. "Quante istantanee portiamo a casa da questo viaggio e quante finiranno nel muro delle migliori esperienze accanto alle tante altre già presenti!" penso felice. Sono proprio soddisfatta di quest'avventura; certamente non tornerò a casa a cuor leggero né tornerò la stessa di quando sono partita. Sicuramente tornerò come una donna matura e non più come la studentessa di un anno fa. Da oggi il mio destino appartiene a me e non permetterò a nessuno di deciderlo al posto mio; certo, chiunque ha il permesso di criticare o dare giudizi, ma nessuno deve permettersi di obbligare qualcuno ad affrontare la vita in una direzione diversa da quella che sceglie di intraprendere. Il mondo è pieno di strade differenti e meravigliose e la direzione va inseguita in base al proprio essere e al proprio indirizzo. Io ho una meta ora e la voglio raggiungere ad ogni costo: la *porta della felicità* è di fronte a me e domani la vorrò varcare con entrambi i piedi e andare avanti senza aver paura di affrontare il mio cammino ma soprattutto senza voltarmi indietro e sprofondare nuovamente nella tristezza e nella delusione. Non voglio avere rimpianti e ritrovarmi in futuro a piangere sulle scelte che avrei potuto fare e invece per mancanza di coraggio e amore per me stessa non ho fatto.

Chiudo gli occhi e come d'incanto mi affiorano alla mente i bei momenti dell'ultimo fine settimana insieme a Fernando a Barcellona. Ecco cosa intendo per essere felice! Abbandonarsi all'amore e all'affetto di un'altra persona.

Lasciarsi trasportare dalle occasioni, quelle che ti lasciano il segno e che ti arricchiscono di esperienze uniche. La nostra prima minivacanza insieme, che meraviglia! Spero con tutto il cuore che sia la prima di tante, con la sorpresa dell'ultimo minuto, un viaggio organizzato all'improvviso, proprio come piace a me. La sua straordinaria dolcezza nel comunicare i suoi modi teneri ma decisi, il nostro desiderio, le passeggiate, il sole, i profumi... Mi scorrono alla mente tutti i momenti di un viaggio perfetto. Preparo la vasca e ci sprofondo dentro insieme ai magici pensieri, pensando che meno di quarantotto ore prima ero nella vasca di Barcellona insieme a Fernando.

Oggi al lavoro Fernando è stato freddo. Succede ogni qualvolta siamo insieme ad altre persone; io ho voglia di abbracciarlo, vederlo o almeno parlare con lui. Non appena esco dal bagno, prendo il cellulare e provo a chiamarlo ma mi risponde con un messaggio: "Tesoro, ora non ti posso rispondere, ne parleremo domani ok? Ti amo".

Il ghiaccio nei miei occhi e il calore che sale dal basso ventre fino al cuore. Oddio, quando sento queste due brevi parole, ho un sussulto; è strano per me sentire questo calore e sono molto felice. Mi metto il cuore in pace. Non posso parlare con lui. Allora mangio qualcosa e mi stendo sul letto in attesa del ritorno di Giulia. Non resisto all'attesa e sprofondo in un sonno abissale.

Quando Giulia rientra, è già notte inoltrata. Non appena apre la porta della nostra stanza, la sento, mi sveglio e sono pronta e curiosa di ascoltare l'evolversi della sua serata. Lei è radiosa, sorride e con la luce negli occhi mi racconta che ha fatto l'amore con Marcos, nel suo appartamento. Non appena entrati, si sono lasciati andare alla passione e si sono ritrovati inconsapevolmente nel suo letto. Giulia è serena e soddisfatta; ha trascorso una serata magica e tutto è andato bene. Hanno poi cenato insieme e chiacchierato fino a tarda notte, ridendo e scherzando felicemente.

La abbraccio e lei ricambia con l'affetto di sempre. Le voglio molto bene, vorrei davvero che fosse felice e spero che questa storia non la deluda.

– Ora sono nella tua stessa situazione – mi dice lei.

– Sì, Giulia, anche tu ora sei felice come lo sono io – rispondo.

– Non intendevo quello, Stella, solo che quando torneremo a casa lasceremo entrambe qualcuno qui – replica lei.

– Oh, Giulia, fregatene! Vivi questa storia come se non ci fosse un domani e poi vedremo. Ti voglio bene. – la rassicuro io. Anch'io sono seriamente preoccupata per la nostra partenza non tanto lontana, ma se vogliamo mantenere questo senso di serenità, è meglio evitare il pensiero; ci renderebbe solo più frustrate e ora non è il momento di esserlo. Sono le sette e trenta di un martedì primaverile. Il sole penetra dalle finestre della nostra modesta stanzetta in questo meraviglioso paese che si chiama Spagna. La mia sveglia continua a suonare ma io sono ancora troppo stanca e addormentata per allungare il braccio e spegnerla. Mi sforzo per non svegliare anche la mia amata compagna e poi sprofondo nuovamente nel sonno. Quando riprendo conoscenza, sono già le nove ed io sono in tremendo ritardo. Mi alzo velocemente, indosso l'ultimo vestito che trovo accatastato sulla mia sedia e corro a tutta velocità verso il mio posto di lavoro. Entro in fretta e furia e trovo tutti i miei compagni già nel pieno delle loro attività.

– Tutto bene, Stella? – mi chiede Fernando appena mi vede entrare. È strano sentirmi chiamare Stella da Fernando, solitamente usa un altro nome, ma cerco di non farci troppo caso e rispondo molto sinceramente: – Scusate per il ritardo, non mi sono svegliata.

I miei compagni ridono ed io arrossisco e mi siedo. Fernando oggi è più bello del solito. Indossa un jeans e una camicia azzurra ben stirata. Ha il capello ordinato e quei due occhioni verde smeraldo che mi fanno morire di desiderio. Non resisto e lo fisso per un lungo periodo, così lui, mi passa accanto e mi sussurra: – Ti vedo smarrita oggi, passato una brutta nottata? – mi chiede.

– No, in verità ho passato una bellissima nottata a chiacchierare con Giulia – rispondo io.

– Vieni nel mio ufficio per pranzo? – mi chiede compiaciuto.

L'ora di pranzo è arrivata. Tutti i miei compagni escono dall'aula ed io mi precipito dietro a Fernando verso il suo ufficio. Non appena entrati, non faccio in tempo a chiudere la porta che lui mi cattura tra le sue braccia e mi stringe talmente forte da farmi mancare il respiro. Il suo abbraccio mi rassicura e mi riscalda il cuore; trascorrerei le ore tra le sue braccia accoglienti e le sue mani morbide. Il silenzio delle nostre voci è sostituito dal rumore dei nostri cuori felici. Le sue mani sul mio sedere cominciano a salire sul petto fino a sfilarmi la maglietta. Io faccio per fermarlo ma lui è troppo convinto ed io mi lascio trascinare dal suo impeto. Mi porta sulla sua scrivania, mi appoggia sopra e rapidamente sposta tutti gli oggetti che possono interferire con il mio corpo. Alcuni cadono a terra facendo un forte rumore. Noi siamo talmente rapiti dal desiderio che non ci facciamo nemmeno caso. Mi stende con delicatezza e mi penetra profondamente.

– Amore mio, mi mancavi troppo – mi dice. Io rimango in silenzio, chiudo gli occhi e seguo i suoi movimenti. Improvvisamente sono catapultata, come di consueto, in un altro luogo, ma questa volta arido e triste.

Sono in un deserto, circondata da militari vestiti e bardati di mitragliatrici, pistole, bombe a mano e tutto l'arsenale di guerra. Mi guardo intorno e vedo solo sabbia e trincee fatte di sacchi e buche scavate. L'aria è calda e il sole è a picco sulle nostre teste. Io sudo e respiro affannosamente, quando colpi di arma da fuoco catturano la mia attenzione. Sento odore di bruciato e sono molto spaventata; non capisco cosa stia succedendo. Improvvisamente compaiono decine di uomini che non si accorgono della mia presenza e che continuano a correre davanti a loro come se nulla fosse. Ho il cuore che batte all'impazzata, mi butto a terra e cerco di respirare profondamente.

Apro gli occhi, Fernando è ancora davanti a me ma si è fermato e mi guarda sconcertato: – Sole, cosa c'è? – mi chiede.

– Non lo so, Fernando, stavo pensando a cose molto strane, scusa – lui si ferma, mi dà la mano, mi aiuta ad alzarmi e mi accarezza i capelli. Mi aiuta a sistemarmi, sorride e mi accompagna sulla poltrona vicino all'uscita. Si siede e mi attira sulle sue gambe e mi chiede sorridendo: – Ti sei inceppata? – Ah, cosa significa inceppata? Mi ero un attimo persa in un mondo parallelo, scusa! – rispondo sorridendo io. Anche in quest'occasione Fernando non ha seguito i suoi istinti ma ha percepito un mio senso d'inquietudine e si è immediatamente fermato. Si è dimostrato altruista e affettuoso, dubito che altre persone al suo posto avrebbero fatto lo stesso. Io invece, ho avuto un momento di deconcentrazione o non so cos'altro. Quando sono rilassata, mi capita spesso di pensare in modo incontrollato; faccio spesso sogni ad occhi aperti.

Probabilmente ora sono molto preoccupata e il fare l'amore in questo luogo mi ha provocato paura. "Non è certo il desiderio o la voglia di stare con lui che mi manca, se solo lo guardo, arrossisco e muoio dalla voglia di possederlo" penso.

Ci confrontiamo un po' parlando del nostro viaggio. Trascorriamo una tranquilla pausa pranzo insieme e ben presto ci accorgiamo che è giunta l'ora di tornare al lavoro.

Vado a cena alla locanda e trovo Giulia rilassata e felice. Era da tanto tempo che non la vedevo in questo stato. Decido di rimanere a farle compagnia fino a chiusura del locale quando improvvisamente arriva anche Marcos a salutarla sedendosi proprio accanto a me. Beviamo insieme una birra e parliamo allegramente. Mi sembra un ragazzo simpatico e intelligente, penso stiano bene lui e Giulia. Alcune volte mentre mi parla, ha un atteggiamento troppo ammiccante nei miei confronti; io cerco di dargli poca importanza pensando che forse è solo una mia sensazione e che non lo fa di proposito ma è parte del suo carattere.

Decido quindi di tornare a casa e lasciare che sia Marcos ad attendere la fine del turno di Giulia. Saluto tutti, esco e m'incammino verso casa. Dopo pochi metri mi sento chiamare da una voce familiare. È Marcos che mi segue e mi chiama. "Che cosa vuole, penso?"

– Stella?

Io mi volto e lo ritrovo accanto a me in una frazione di secondo.

– Ciao Marcos, perché non aspetti Giulia? – gli chiedo io.

– Volevo accompagnarti a casa. Giulia mi ha chiesto di non farti tornare sola – risponde prontamente lui.

"Sono la solita malfidata!" penso.

Marcos mi accompagna fin sotto il portone di casa e poi mi saluta con un bacio inaspettato sulla guancia. È stato molto carino nei miei confronti ed io saluto e ringrazio.

Guardo il cellulare e noto con piacere che Fernando mi ha mandato alcuni messaggi:

Ore 21.30: "Amore mio, passata la paura del pranzo?"

Ore 21.32: "Ti volevo dire che sei fantastica."

Ore 22.02: "Oh, ma dove sei? Perché non rispondi?"

Ore 22.13: "Sei bellissima ed io ti amo..."

Leggo e rileggo in continuazione le sue parole e penso alla sua dolcezza innata. Sono affascinata da quest'uomo così premuroso e amorevole; non sono abituata a tanto affetto da parte di un ragazzo. Mi preparo per la notte e mi corico a letto. Sono stanca, ma rispondo comunque a Fernando.

Ore 23.16: "Ciao, scusa ma ero alla locanda con Giulia. Grazie per le belle parole che mi hai scritto, continuo a leggerle e rileggerle. Mi fai letteralmente impazzire. A domani buonanotte!"

Dopo pochi minuti, Fernando mi risponde e mi dà la buonanotte con tanti cuoricini.

Giulia ed io decidiamo di organizzare una serata insieme ai nostri fidanzati. È lunedì sera, il giorno di chiusura della locanda; andiamo insieme con altri amici in un divertente locale in centro a Madrid. Fernando arriva con quasi un'ora di ritardo; Giulia ed io siamo già alla seconda birra. Ridiamo spensieratamente e raccontiamo la nostra esperienza in questo paese meraviglioso quando d'improvviso, dopo pochi minuti dal suo arrivo, Fernando ci lascia, dicendo che deve assolutamente tornare a casa.

Mi domando quale urgente affare debba sbrigare in questo lunedì e a quest'ora della notte. Dopo un dolce bacio si allontana e io torno a concentrarmi sulla mia amica ed i cattivi pensieri svaniscono immediatamente. Torno ben presto a ridere e a bere insieme alla mia amica di sempre, pensando che saremmo potuti stare bene tutti insieme. Ad un tratto Giulia si alza per andare in bagno e Marcos si avvicina al mio sgabello e mi sussurra all'orecchio: — Sei molto bella, Stella, vorrei conoscerti meglio.

Io rimango in silenzio, sono sconcertata da questo ragazzo. Lui è davvero bello e gentile ma mi sembra azzardato flirtare con la migliore amica della tua ragazza, così mi scosto da lui e facendo finta di dover andare in bagno raggiungo Giulia. Non le dirò niente dell'accaduto ma cercherò di metterla in guardia da questo ragazzo, magari l'indomani mattina. Torniamo insieme dagli altri amici e ordiniamo ancora una birra; "Stasera voglio esagerare e dimenticare di essere una ragazza a modo!".

Ormai è tarda notte, siamo tutti ubriachi e stanchi; decidiamo di tornare a casa e ad accompagnarci è proprio Marcos. Sotto il portone di casa Giulia lo invita a salire e lui, senza nemmeno pensarci un secondo, parcheggia l'auto ed entra in casa nostra insieme a noi. Giulia si getta sul letto, distrutta dalla stanchezza e inebriata dall'alcool, e Marcos, non considerando per niente la sua presenza si getta sopra al letto e cerca di baciarmi. Io tento di respingerlo ma lui, con tanta violenza mi ruba un bacio e sale sopra di me. Io ho la bocca sigillata dalla sua mano, non riesco a muovermi; sono completamente bloccata da quest'essere meschino. Lui slaccia la cerniera dei suoi pantaloni e tenta di violentarmi. Non appena lui lascia le mie mani io riesco a spingerlo via e a farlo rotolare a terra. Ho finalmente la bocca libera e con tutta la forza che mi rimane urlo cercando di svegliare Giulia o la nostra compagna di casa. D'improvviso arriva davanti alla nostra porta lei, la mia coinquilina. Corre verso di me e capisce subito la situazione, vedendo il ragazzo a terra con i pantaloni abbassati. Anche Giulia riesce ad aprire gli occhi ma non capisce cosa stia succedendo, così comincia a farmi domande: − Cosa è successo, Stella? Perché hai urlato? E perché Marcos è a terra con i pantaloni abbassati?

Io sono rannicchiata sul mio letto, come un bimbo nel grembo della madre. Piango e non ho il coraggio e la forza di parlare. Sono disgustata da una persona che non merita di essere chiamato uomo. Lui si alza, si riveste e dopo aver salutato scompare dalla nostra vista. Io tremo, non riesco a far uscire nemmeno un sibilo dalla mia bocca, quello schifoso mi ha portato via l'anima, mi ha rubato quel briciolo di felicità e di fiducia che insieme a Fernando avevo appena acquisito. Giulia si alza barcollando e si avvicina al mio letto.

− Stella, ha tentato di violentarti?

− Sì − le rispondo io muovendo a fatica la testa.

− Oh mio Dio − grida Giulia. Si avvicina e mi abbraccia forte, cercando di tranquillizzarmi delicatamente. Salutiamo la nostra coinquilina e ci addormentiamo abbracciate, stanche e notevolmente fuori di senno per le troppe birre bevute durante la lunga serata.

Ci svegliamo al suono della sveglia, ancora avvinghiate nel letto. Io ho un atroce mal di testa e non ho assolutamente voglia di alzarmi e andare al lavoro; così spengo la sveglia e riappoggio la testa dolorante sul mio morbido cuscino, "Chissà se dormendo riuscirò a dimenticare il brutto accaduto della notte precedente" penso. Quando finalmente riapriamo gli occhi, è mattina inoltrata. Giulia si alza e mi chiede di raccontarle tutto. Io mi siedo sul letto e le spiego ogni particolare della notte appena conclusa. Non ci sono giustificazioni per Marcos, è un meschino approfittatore; non si merita la nostra amicizia né tanto meno l'amore di Giulia. Lei si scusa, piangendo; non si sarebbe mai immaginata un atteggiamento così dalla persona che, seppure appena conosciuta, le sembrava un bravo e sincero ragazzo. Abbiamo imparato un'altra importantissima lezione oggi che difficilmente riusciremo a dimenticare nell'immediato: mai fidarsi degli uomini, specialmente se si decide di bere qualche birra in più!

La nostra conversazione è interrotta dal mio telefono; è Fernando che mi sta cercando. – Sole, dove sei? – chiede Fernando.

– Ciao Fernando, sono a casa, non mi sento molto bene oggi e sono rimasta a letto. Passi da me per pranzo? Dovrei parlarti.

Fernando capisce dal tono della mia voce che c'è qualcosa che non va e si precipita immediatamente a casa nostra per capire di persona la situazione. Non appena mi vede, sorride e mi dice: – Hai bevuto troppo ieri sera?

– Non è questo Fernando – e gli racconto l'accaduto con Marcos. Lui mi abbraccia visibilmente arrabbiato. Cammina in modo agitato per la nostra stanza e batte i pugni sul piccolo tavolino vicino alla finestra.

– Maledetto bastardo – sussurra. Poi ci afferra per mano e ci invita a sistemarci e a uscire con lui. Chiede a Giulia dove possiamo trovare Marcos e insieme ci rechiamo al suo posto di lavoro. Lui non è ancora arrivato ma dovrebbe farlo a momenti. Così decidiamo di aspettarlo nel parcheggio.

Dopo pochi istanti arriva in sella alla sua bicicletta rossa con i capelli sconvolti ma con la solita faccia da bravo ragazzo. Ha un'espressione cupa e il viso segnato dalla stanchezza di una serata finita a tarda notte.

Fernando scende dall'auto e lo prende per la maglietta, lo conduce davanti a noi e con tono fermo gli urla: – Chiedi scusa! A tutte e due!

– Scusate, non so cosa mi sia preso questa notte, forse è stato l'effetto dell'alcool – farfuglia Marcos imbarazzato.

Fernando gli sferra un pugno violento e gli grida di non avvicinarsi mai più a noi, altrimenti la prossima volta finirà direttamente in ospedale.

– Non ci sono giustificazioni per il comportamento che hai avuto, vergognati!

Entra in macchina e con la mano dolorante si mette alla guida della sua berlina. Rimaniamo in silenzio fino a casa; una buona occasione per capire la differenza tra un uomo e un bastardo. Fernando è l'uomo ideale: ti protegge, ti onora e ti coccola pur facendosi rispettare. Non ha usato tante parole in quest'occasione ma ha preteso le scuse da parte di un viscido e ci ha mostrato che quelli come Marcos non sono uomini.

Il volto di Marcos mentre si getta sul mio letto e tenta di abusare di me rimarrà per sempre nella mia mente. Occhi fissi e sopracciglia incurvate che penetrano il mio viso senza espressione; bocca semiaperta e una forza nel trattenermi che mai avrei immaginato da questo ragazzo tanto dolce quanto premuroso. Ricordo perfettamente il suo odore mentre si avvicinava al mio viso e il contatto con le sue mani fredde seppur sudate. Fortunatamente non è successo nulla ma questo episodio serve a me e Giulia per capire che il mondo è pieno di persone subdole e meschine. Mai fidarsi delle apparenze.

CAPITOLO 9

Oggi finalmente arrivano i miei genitori. Sono all'aeroporto e attendo che mia madre e mio padre scendano dal loro aereo. Sono al settimo cielo e non vedo l'ora di abbracciarli. Sono passati armai quattro mesi da quando ci siamo visti l'ultima volta per le vacanze di Natale e la loro lontananza diventa ogni giorno più pesante. In questi mesi non ho mai avuto il coraggio di dire loro della mia storia con Fernando ma credo che oggi dovrò affrontare l'argomento. Sono preoccupata per i rimproveri che potrei ricevere, specialmente da mio padre. Sono una donna adulta ma ai suoi occhi rimango pur sempre la sua bambina e quest'aspetto non aiuta il nostro rapporto soprattutto da quando mi sono allontanata da casa.

Ricordo ancora, con precisione, il suo discorso quando decisi di lasciare il mio ex fidanzato: – Credi troverai davvero qualcuno che sia esattamente come lo desideri tu? Ricordati che tutte le persone hanno difetti, tu compresa– mi disse a suo tempo. Io in quel periodo avevo preso la mia decisione e le sue parole di rimprovero non mi furono di alcun aiuto, anzi avrei desiderato sentire il suo appoggio e quell'affetto che un genitore dovrebbe provare per un figlio a prescindere dalle sue scelte. Desideravo finalmente sentirmi libera e felice e invece le sue parole risuonarono pesanti come una rete che tentava di tarparmi le ali: io non desideravo solo essere libera ma volevo essere felice.

Finalmente li scorgo arrivare da dietro l'angolo dell'aeroporto di Madrid. Mia madre è bella come al solito: pantalone morbido e una maglietta chiara dai colori tenui che le mettono in risalto il colore della pelle. Mio padre, invece, è lo stesso di sempre. Duro esternamente ma nel profondo dal cuore tenero, proprio come me. Non è facile ricevere parole d'affetto da lui, ma ultimamente scorgo sempre più spesso che ha gli occhi lucidi. Le emozioni forti prendono il sopravvento nei suoi sentimenti che però non è capace ad esternare. Ci abbracciamo a lungo con mia madre, la stringo e lei ricambia amorevolmente. Andiamo a pranzo alla locanda di Giulia e parliamo serenamente fino a tarda mattina. La loro presenza mi rasserena molto e sono davvero felice di averli vicino a me per qualche giorno. Rientreranno in Italia settimana prossima e per il weekend abbiamo organizzato una visita per Madrid e tanto relax.

Mia madre continua a fissarmi; i suoi occhi emettono quel calore che solo una madre riesce a mostrarti senza parlare.

– Sei dimagrita? – mi chiede.

– Sì, mamma, forse un po', ma sto bene, molto bene – la rassicuro io. Lei è sempre preoccupata per la mia alimentazione e dopo tanti anni io sorrido all'idea che lei abbia ancora paura che io dimagrisca troppo. I genitori non si fidano mai abbastanza dei propri figli e questa mancanza di fiducia diventa pericolosa soprattutto per un figlio; cresce, infatti, la paura di deluderli e perciò alle volte si tende a nascondere la verità. Penso al mio futuro e alla possibilità che un giorno possa avere anch'io dei figli. Ora credo che i figli debbano essere lasciati liberi di sbagliare, di provare, di cadere senza essere colpevolizzati come mi sento io quando parlo con i miei genitori. Spero di diventare una buona madre e di instaurare con i miei figli un rapporto vero e sincero. Guardo i miei genitori e con un certo imbarazzo racconto la mia avventura con Fernando.

– Credo di essermi innamorata di un uomo – dico io. Guardo gli occhi di mio padre e vedo il terrore scorrere attraverso le sue pupille.

- È il datore di lavoro dell'azienda per cui lavoro. È un bravo ragazzo e ci frequentiamo da qualche mese. So quello che state pensando a proposito del mio rientro in Italia tra qualche mese, ma io ora sto bene in questa situazione e non m'interessa di quello che sarà il mio futuro, in Italia o in Spagna. Mia madre porta una mano sulla fronte e mio padre si alza in segno di disapprovazione quando improvvisamente arriva Fernando alla locanda e si avvicina al nostro tavolo. È bello come non mai: indossa una camicia bianca e un paio di pantaloni scuri. I capelli sono perfettamente pettinati e i suoi occhioni verdi sono più lucenti del solito. Emana un buon profumo di pulito e fresco.

- Vi presento Fernando – mi alzo e gli allungo un bacio sulla morbida e curata guancia.

I miei genitori si presentano cordialmente. Così incominciamo a parlare tutti insieme del mio lavoro, delle mie qualità e opportunità professionali. Fernando spiega l'importanza della sua azienda e la possibilità di ottenere un posto di lavoro a tempo indeterminato per la mia posizione. Naturalmente io spiego che ancora non ho deciso nulla e che comunque tornerò presto a casa e trascorrerò almeno l'estate in Italia. Mio padre non è molto socievole ed anche in quest'occasione rimane in silenzio senza proferire parola. Io capisco che è il momento di alzarsi e di accompagnare i miei genitori in albergo; saranno stanchi del viaggio e ora sono anche preoccupati per la novità che gli abbiamo svelato. Io e Fernando li accompagniamo in hotel e decidiamo di fare qualche passo nel parco insieme.

- Che bello vederti, Sole, avevo voglia di perdermi nei tuoi capelli e assaporare il tuo profumo – dice lui. Io come al solito divento rossa e rimango basita. Sono ancora scossa dal discorso con i miei genitori; vorrei essere la figlia perfetta per loro e deluderli mi preoccupa molto.

Lo stringo forte e accolgo il suo calore ad occhi chiusi; avevo bisogno di essere coccolata e sentirmi amata e la sua presenza in questo momento era assolutamente indispensabile. Ci sediamo sull'unica panchina libera, all'ombra di un'alta e rigogliosa pianta vicino al laghetto delle papere. Il profumo del prato e l'odore del legno caldo della nostra panchina ci avvolgono tutt'intorno. Ci stringiamo e rimaniamo in silenzio ad ascoltare l'acqua che scorre e le foglie che si muovono sopra di noi.

Fernando mi accarezza i capelli e respira profondamente inalando il profumo della mia pelle. Non mi è mai piaciuto essere accarezzata sui capelli, ma con Fernando è diverso, mi sento bene quando lo fa.

– Mi piace l'odore della tua pelle, è particolare. Rimarrei ore ad annusarti.

– Scemo che sei, cos'ha la mia pelle, puzza? Mi sono lavata ieri sera! – rispondo sorridendo io.

– No, è proprio l'odore che emana la tua pelle che è particolare e buono; sai di dolce. Ti riconoscerei ad occhi chiusi fra mille donne.

"Bello che sei, tesoro mio, quando mi dici queste cose" penso tra me. Il suo modo di tenermi intrecciata alle sue braccia e al suo cuore, con queste frasi, è davvero unico e inimmaginabile per una come me che non conosceva affatto alcuna dolcezza. È proprio la sua dolcezza ad essere straordinaria e ad avermi fatto innamorare di lui; una dolcezza che forse mi manca da una vita e mi ha colpito subito perché particolare. Tra le sue braccia e con gli occhi chiusi penso a mio padre e al suo sguardo pochi istanti prima in locanda. Non ha detto nulla, ma io capisco dal suo volto che non è d'accordo con questa relazione che forse mi porterà lontana da loro e dal mio paese. Avrei voglia di piangere perché non riesco a soddisfare i desideri delle persone che mi vogliono bene, ma riapro gli occhi e mi sforzo di dimenticare per un istante il suo volto.

– Ti amo Fernando – sussurro con un velo di rossore sul viso.

– Ehi, come mai ti è sfuggita questa frase?

– Perché mi fai stare bene e mi rendi felice, allora io ti amo.

– Ti va di fare una passeggiata?

Ci alziamo e mano nella mano percorriamo tutto il parco. Trascorriamo ore spensierate e piacevoli finché giunge il momento di tornare nelle nostre case. Pensiamo entrambi che non sia il caso di cenare tutti insieme anche questa sera, così, Fernando torna alla propria macchina e con un bacio caloroso si allontana.

Mentre rincaso e mi reco nella mia umile stanzetta, sorrido e ringrazio il Signore per il magnifico pomeriggio che mi ha donato. "Ora posso riposare qualche ora e poi sarò pronta ad affrontare al meglio i miei genitori" penso tra me mentre mi getto a braccia aperte sul letto.

Sono già le otto di una magnifica sera primaverile. Sono sotto l'albergo dove alloggiano i miei genitori e sono in attesa di vederli per andare insieme in un locale molto carino nel centro della città. Non appena mi raggiungono, mia madre trepida nell'esprimere il suo parere: – Stella, questo paese è a mille chilometri di distanza da noi. Noi pensiamo che non sia l'opportunità giusta per te in questo momento. Vedrai che anche in Italia riuscirai a trovare il lavoro che ti piace.

– Mamma, non voglio pensarci in questo momento; sicuramente tornerò in Italia e poi deciderò dopo l'estate. Questo lavoro mi piace molto; anche le persone che ho conosciuto sono importanti ma vorrei discuterne quando sarà il momento. Il problema adesso non è il lavoro ma Fernando. Gli voglio molto bene e la lontananza sarà difficile da affrontare.

Mia madre capisce il mio stato d'animo e mi abbraccia forte, dimostrandomi tanto affetto e comprensione. Mio padre rimane fuori dalla discussione, non prende parte al dialogo. Mi aspettavo qualche parola e invece preferisce tacere. Trascorriamo una piacevole serata insieme. Ci raccontiamo le avventure e disavventure dei mesi trascorsi lontani. Il tempo passa velocemente in loro compagnia e io mi sento davvero soddisfatta; anche mio padre sembra essersi rilassato e sembra pian piano capire il mio desiderio di farmi una vita mia per essere felice, nonostante la prospettiva di essere così lontana da casa. Mi guarda come tante volte ha fatto durante la mia infanzia, con la compiacenza di vedermi soddisfatta e felice: tutto ciò che un figlio desidera dai propri genitori. L'appoggio nelle scelte, anche quelle difficili.

Il weekend vola via molto rapidamente; è il momento di salutare quella parte di me che mi accompagnerà per tutta la vita. Sono molto triste nel vederli andare via ma il pensiero che tra qualche mese sarò io a prendere quell'aereo mi rassicura. Abbraccio forte sia mia madre che mio padre e li osservo mentre si allontanano ed entrano in aeroporto. Ho trascorso un fine settimana piacevole e rilassante. Ne avevo proprio bisogno. Gli occhi di mamma mi hanno accudita il tempo necessario per farmi sentire ancora una bambina indifesa, con il bisogno di essere coccolata e protetta. Ogni tanto è piacevole chiudere gli occhi sul mondo attuale e fiondarsi nel passato fanciullesco, quando non esistevano problemi di alcun tipo e quando il gioco e il divertimento riempivano l'intera giornata.

"Quanto vorrei tornare una bambina, correre e saltare su un prato verde a piedi nudi" penso tra me, prendendo un respiro profondo e allontanandomi dall'aeroporto. Ora penso alle camminate nel bosco fresco quando in città l'aria diventa molto calda, quasi irrespirabile.

"Chissà se anche a Fernando piacciono le passeggiate nel bosco. Glielo devo chiedere."

Così prendo il cellulare e lo chiamo ma lui non risponde. Torno a casa ancor più triste e l'unica cosa che mi viene in mente è prendere un foglio bianco e una matita e appoggiandomi sul tavolino accanto alla finestra di camera mia comincio a disegnare. Disegno quel prato verde e quella bambina che poco fa avevo nei miei pensieri. Un bellissimo sole all'orizzonte i cui raggi arrivano fin sul prato, un albero rigoglioso sulla sinistra con una piccola altalena bianca. La campagna si estende tutt'intorno alla bambina; mi perdo nel disegno e mi addormento appoggiata su di esso.

Mi risveglia d'improvviso il suono del cellulare; è Fernando.

– Ciao Sole, mi hai cercato?

– Ciao Fernando, mi ero appisolata sul tavolo. Sì, ti ho cercato, avevo bisogno di sentirti e vederti.

– Che ne dici se stasera ti passo a prendere alle otto e usciamo per cena? – dice Fernando.

– Sarebbe perfetto. Ho bisogno di sentire il tuo abbraccio e la tua voce. Mi faccio una doccia, ci vediamo tra poco.

Alle otto meno cinque è sotto il portone di casa mia. Ceniamo in un piccolo ma accogliente locale. I camerieri sono molto gentili e il cibo è ottimo. Fernando mi fissa intensamente ed io provo quella strana sensazione di bruciore che scende dallo stomaco verso le gambe. Cerco la sua mano. La stringo ed avvicinandomi al suo orecchio gli sussurro: – Ho voglia di fare l'amore con te!

Lui sorride e afferrandomi per la mano mi accompagna all'uscita. Senza dire una parola saliamo in macchina e sfrecciamo verso il mio appartamento. Entriamo velocemente in camera mia e in un lampo ci ritroviamo nudi dentro al mio letto. Io e Fernando non facciamo solo l'amore, ma viviamo un bellissimo momento d'intimità condivisa. Io non mi sento mai a disagio con lui, ci fondiamo come un unico corpo e ci stringiamo forte. Proviamo un piacere sublime e con tutta la dolcezza del mondo rimaniamo sdraiati l'uno sull'altro a occhi chiusi, ad aspettare che il respiro affannoso si calmi. Il suo profumo è piacevole, anche a me piace annusarlo.

– Fernando, come faremo quando sarà il momento per me di tornare in Italia?

– Sole, non ora per favore. Il momento per pensarci è ancora lontano. Godiamoci la meravigliosa serata, non ti preoccupare, in qualche modo vedrai che la risolveremo.

Fernando decide di massaggiarmi ed io mi godo questo momento magico. Mi piace essere coccolata e a lui sembra far piacere coccolarmi. Chissà se sarà così per sempre! Ora sono felice, ho trovato il vero amore, il principe azzurro che ogni bambina desidera avere. Ci baciamo e ci abbracciamo: io gli chiedo di rimanere per tutta la notte ma lui, come sempre succede, mi dice che non vuole disturbare Giulia e la nostra coinquilina, così ci salutiamo e Fernando esce dalla mia stanza. Dopo un'altra doccia, decido di mettermi a letto ma non riesco a prendere sonno. La giornata è stata davvero molto intensa; i miei genitori e poi la serata con Fernando. Ho mille immagini di un vissuto straordinario davanti agli occhi e come cerco di abbandonarne una figura di me stessa ne appare subito un'altra. Tutto si concentra nella figura di quell'uomo che ha rapito il mio cuore. Le sue mani morbide, gli occhioni che mi parlano e la sua dolcezza innata in ogni gesto che compie. Alle volte mi chiedo se davvero lui sia così, oppure è solo un'immagine che io proietto su di lui. L'amore oscura la vista, magari non è perfetto come sembra; magari è una persona diversa ed io non me ne sto rendendo conto. Ho paura di affidare il mio futuro a lui; sono davvero disposta a cambiare vita, città, amici, paese e abitudini per quest'uomo? Ora non lo so.

CAPITOLO 10

È una soleggiata mattina di maggio e mentre mi reco al lavoro, vedo un'ombra spuntare da dietro un albero del parco vicino a casa. Cerco di accelerare il passo e di controllare questa strana figura da lontano ma d'improvviso lo perdo di vista. Continuo il mio percorso e dopo pochi minuti trovo di fronte a me Marcos. Io sono gelata e lui rimane immobile davanti a me.

– Ciao Stella, sono venuto a chiederti scusa per quello che è successo. Io non so cosa mi sia preso, non mi sono mai sentito così, mi sono innamorato di te e pur di starti vicino ho fatto di tutto. La mia relazione con Giulia era solo un modo per poterti avvicinare; tu sei molto bella e la paura di avvicinarti ha fatto in modo che io combinassi tutti quei casini. Io cerco di interromperlo ma lui continua con il suo monologo.

– Durante queste settimane ti ho pensata molto ed ho atteso l'occasione giusta per poterti affrontare e raccontare esattamente ciò che provo per te. La sera che è successo quello che per fortuna non è successo, eravamo tutti ubriachi, non voglio giustificarmi, ma sentirti così vicina mi ha fatto perder la testa, non avrei mai voluto farti del male, io ti desidero tanto e vorrei avere la possibilità di farmi conoscere.

– Mi dispiace, Marcos, ma io amo Fernando e non ho nessuna intenzione di conoscerti meglio, ho già avuto modo di farlo e non mi sei piaciuto per niente.

– Ti prego, dammi un'altra possibilità, non sono quello che hai visto l'altra sera, vorrei parlare un po' con te, trascorrere una serata tranquilla: mangiamo, parliamo e poi torniamo a casa.

Ti devo raccontare anche alcune cose che riguardano Fernando, ho scoperto informazioni che potrebbero interessarti.

Rimango stupita per le sue affermazioni su Fernando ma sono ferma e non voglio assolutamente credere a questo ragazzo che mi ha umiliata e non si merita neppure questo dialogo con me.

– Per favore, Stella, dammi una sola possibilità. Solo una cena o solo una birra se preferisci.

Io rimango risoluta, lo saluto e mi allontano. Lui non demorde e continua a seguirmi e ad implorarmi finché mi fermo e con voce piena lo fisso negli occhi e gli dico che non voglio avere a che fare con lui in nessun modo, né ora né mai.

– Vattene e non farti mai più vedere! – dico io.

– Te ne pentirai, Stella, un giorno non troppo lontano ti ricorderai di me e piangerai tanto – replica Marcos con lo stesso sguardo di quella maledetta sera.

Mi allontano da quell'essere spregevole. Sembrava sincero nelle sue scuse ma non mi posso permettere di dargli nemmeno un'occasione. Il suo comportamento dimostra tanta insicurezza ma al contempo anche tanta arroganza e violenza. Ho paura di lui. Mi volto e noto con piacere che non mi segue più. Continuo a camminare per la mia strada, arrivando velocemente in ufficio. Penso che non dirò nulla a Fernando, voglio cavarmela da sola.

Entro in aula, sorrido e incontro il suo sguardo. La giornata prende subito un'altra piega. Lo ammiro per alcuni secondi e mi rilasso pensando all'ultima notte trascorsa insieme. Lui prende il cellulare e m'invia un messaggio: "Sole, oggi sei più radiosa del solito".

Io alzo lo sguardo e gli sorrido amorevolmente. Poi gli scrivo.

"Il prossimo weekend ti voglio tutto per me, andiamo da qualche parte insieme?"

"Il prossimo weekend ho già alcuni impegni ma ti prometto che per la fine del mese andiamo a fare un altro viaggetto."
La fine del mese è lontana. È appena cominciato maggio ed io partirò per l'Italia a fine giugno. Mancano meno di due mesi e Fernando mi ha già detto che riuscirà a dedicarmi solo un fine settimana tra un mese.

"Dai, cosa c'è di più importante di me?" – gli scrivo io. Fernando non mi risponde; ha cominciato la sua lezione. Oggi ci verrà consegnato un nuovo compito che durerà parecchie settimane di lavoro. Dobbiamo gestire una vera commessa da completare entro fine giugno e la dobbiamo svolgere a coppie. La coppia che svolgerà al meglio il compito assegnato verrà premiata e il loro lavoro sarà consegnato al cliente finale.

Il sorteggio mi affianca al mio primo compagno di banco; quel ragazzo silenzioso e schivo che non partecipa mai alle serate organizzate dal gruppo. È antipatico e non sembra neppure tanto bravo, ma i sorteggi non possono essere messi in discussione, perciò mi adatto. Dovremo lavorare io e lui per quattro settimane: non è una bella prospettiva ma lo farò per vincere; non mi piace arrivare seconda, a costo di lavorare anche durante la notte. Incominciamo a lavorare insieme da subito.

Fernando si allontana dall'aula ed io decido di seguirlo, ho bisogno di parlare con lui e di capire perché non possiamo stare insieme questo weekend.

– Io non voglio aspettare tre settimane per stare con te – gli dico mentre mi avvicino a lui.

– Stella, cosa ci fai qui fuori, non dovresti seguirmi ma impegnarti nel compito che vi ho assegnato. È un progetto molto importante e serio. Ti ho già detto che purtroppo sono molto impegnato e non riusciremo a vederci almeno per tre settimane. Poi ti preparo una bella sorpresa, vedrai.

- Fernando, io non voglio un'altra sorpresa ma semplicemente vorrei starti vicino più spesso. Che cosa dovrai fare di tanto importante nel fine settimana? Non capisco.

- Ho del lavoro importante da svolgere, non posso esserci e ti prego di non insistere.

Io mi volto e torno in aula abbastanza frastornata. Non riesco a concentrarmi e, dopo pochi minuti, saluto tutti i miei compagni ed esco. Non appena fuori dall'edificio una lacrima scende sul mio viso; l'emozione di una discussione con lui mi ha devastato. Continuo a camminare e le lacrime si fanno sempre più copiose. Cerco di nasconderle dietro ai miei occhiali da sole e cerco di affrettarmi per arrivare al più presto nella mia umile casetta.

Oggi non riesco a lavorare in queste condizioni. Vorrei correre all'aeroporto e tornare a casa mia; vorrei fuggire da questa confusione e respirare l'odore del mio mare. Quanto mi manca la sua compagnia! Non vedo l'ora di fare una passeggiata in riva, a piedi nudi e il cuore aperto. Mi manca guardare l'orizzonte infinito, chiudere gli occhi e sentire l'onda che s'infrange sulla battigia; mi manca assaporare l'aria fresca e profumata, la sabbia calda che ricopre i piedi e quel colore blu dell'acqua che si sfuma con il cielo. Mi stendo a letto e nascondo la testa sotto al cuscino.

"Oggi non ho voglia di niente e di nessuno!"

Oggi è una di quelle giornate da dimenticare. Penso e ripenso alle parole di Fernando e non riesco a darmi alcuna giustificazione. Mille dubbi mi assalgono; penso che lui non sia interessato a me quanto lo sia io, forse gli servo solo per riempire i buchi della sua vita, della quale io, oltretutto, non so assolutamente niente. È difficile stare accanto ad una persona che non condivide con me i suoi interessi e i suoi impegni, le sue gioie e i suoi dolori. Io vorrei tenerlo per mano anche nelle faccende quotidiane, vorrei aiutarlo ad affrontare i problemi insieme. L'amore non è fatto solamente di viaggi, cene o divertimento; sarebbe troppo facile. L'amore è affrontare la vita quotidiana insieme, mano nella mano; talvolta sostiene uno e altre volte l'altro.

Non possiamo essere felici sempre. Allora quella *porta della felicità* che pensavo di aver trovato e aperto ora tende a richiudersi? Chissà se quando sarò una donna adulta questa condizione cambierà. O se saremo schiavi della tristezza d'amore per sempre. Squilla il telefono ma io non voglio rispondere. Non m'interessa nemmeno sapere chi sia. Non ho voglia di parlare con nessuno, voglio solo trovare le risposte alle mie domande, da sola. Le persone ti raccontano ciò che pensano loro. Io le risposte le voglio trovare da sola altrimenti non riesco a capire. Prendo il telefono e lo spengo, il rumore della suoneria mi irrita. Indosso le mie scarpe da ginnastica ed esco, ho bisogno di fare una passeggiata nel parco. Cammino intorno al laghetto per molto tempo riuscendo finalmente a rilassarmi. Decido di andare in locanda da Giulia che, non appena mi vede, mi abbraccia calorosamente e mi chiede: – Perché sei in locanda? Non dovevi essere al lavoro, tu, oggi?

– Sì, avrei dovuto, ma sono scappata questa mattina. Ho litigato con Fernando e non me la sento di parlarne, scusa Giu.

– Certo, Stella, ora sei qui con me. Mangia qualcosa e poi andiamo a casa insieme, ok?

Mangio una bella insalata e mi godo il giardino della locanda. Tolgo le mie scarpette da ginnastica e rimango a piedi nudi, facendomi solleticare dai fili d'erba e dalle piccole margherite che sono nate nel prato. Il terreno è fresco e umido. I miei piedi sprofondano tra l'erba e le margherite. Chiudo gli occhi e assaporo il profumo che esce dalla cucina della locanda, cercando di non pensare a niente e a nessuno. La discussione con Fernando interrompe il momento magico; non riesco a rilassarmi completamente e abbandonarmi al momento. Credo non sia giusto che lui mi allontani in questo modo. Io voglio partecipare alla sua vita; come vorrei che lui fosse complice della mia in tutto e per tutto e invece lui mi desidera solo per trascorrere weekend o viaggi, belli sì, ma non sono la vita reale, rappresentano solo alcuni momenti di essa.

Oggi in locanda ci sono alcuni clienti: due coppie di età diversa siedono accanto a me e chiacchierano spensieratamente. Faccio ancora fatica a seguire perfettamente i dialoghi in lingua, soprattutto se non riesco a guardare in viso le persone. Colgo alcuni pensieri di queste persone che parlano di viaggi all'estero e precisamente parlano di andare in Italia per l'estate e allora io sorrido e mi proietto nel mio meraviglioso paese. Anch'io in questo momento vorrei essere là, stesa sulla sabbia ad ammirare il cielo azzurro e l'orizzonte blu del mare. Mi mancano mio padre e la mia famiglia, non vedo l'ora di abbracciarli e parlare insieme a loro davanti ad un bel piatto di pasta asciutta preparata amorevolmente da mia madre. Mi manca l'aria accogliente di casa mia e quegli angoli, dove rifugiarmi pensando, come quando ero una bambina, che potessero proteggermi da chiunque o da qualsiasi cosa. Vorrei tornare una bambina felice e spensierata la cui unica ambizione è giocare con una palla contro il muro di casa o andare in bicicletta attorno al quartiere cercando di schivare le buche o gli avvallamenti degli alberi nel viale di casa mia. Non è bello crescere, diventare grandi ed affrontare i problemi della vita, il lavoro, i soldi ma soprattutto gli affetti. I bambini non hanno problemi ad amare gli altri, non pensano a come poter essere felici, agiscono senza porsi domande, nella loro spensieratezza e inconsapevolezza. Vorrei davvero tornare una bambina e sfuggire a questo mondo di adulti che inizia a non piacermi più: ogni giorno devi sfidare le persone per avere un minimo di spazio nel mondo quando basterebbe scansarsi di poco per fare posto al prossimo, in modo naturale e senza litigi alcuni.

"Basterebbero un po' di umiltà e amore per la vita."

Queste due cose sarebbero sufficienti per essere felici e per rendere felici le persone che abbiamo intorno e invece l'invidia e la voglia di dimostrare che si è più degli altri ci ostruisce gli occhi e ci fa andare avanti come arieti, indipendentemente da ciò che abbiamo di fronte. L'obiettivo è sfondare sempre e comunque; schiacciare il prossimo pur di arrivare davanti. Non voglio crescere ancora e scoprire quanto marcio ci sia intorno a me. Desidero rimanere piccola, sempre sorridente e felice.

Sono nel giardino della locanda, ho aperto la *porta della felicità* ma mi sembra di non trovare ciò che speravo; l'erba sembra ingiallita e i muri di questo nuovo mondo mi stanno schiacciando. Ho voglia di voltarmi, tornare indietro e richiudere quella porta; forse non sono ancora pronta, sono troppo giovane per questo mondo infernale. I miei pensieri sono distratti dalla chiamata di Fernando al mio cellulare.

– Ciao Sole, dove sei?

– Ciao Fernando, sono da Giulia in locanda.

– Perché ti sei allontanata dall'ufficio? Non è così che si affrontano i problemi, ragazzina. Tu sei troppo viziata e non prendi i doveri nel modo giusto. Non mi piace il tuo modo di reagire. Oggi pomeriggio torna in ufficio e mettiti a lavorare! Se desideri risultati, devi impegnarti!

Dopo un momento di silenzio prendo il coraggio di rispondere a quest'uomo che ad un tratto mi chiama ragazzina: – Senti, Fernando, tu fai bene a chiamarmi ragazzina quando ti fa comodo e a sfruttarmi quando ti conviene. Io oggi al lavoro non mi sento di venire, non sto tanto bene, posso prendermi un giorno di riposo? – sono furibonda e avrei voglia di chiudere la conversazione immediatamente.

– Certo che puoi prenderti un giorno di riposo ma non vorrei che i tuoi siano fossero capricci di una bambina. La discussione che c'è stata tra di noi che non c'entra niente con l'ambiente lavorativo! Io credo in te e nelle tue capacità e ho bisogno che t'impegni come tutti gli altri per portare a termine il compito che vi ho assegnato. La tua vita privata deve rimanere al di fuori dal lavoro; imparalo alla svelta! Non devi preoccuparti se non posso passare il week-end con te, Sole, purtroppo ho altri impegni: anche io vorrei stare con te sempre ma devo anche pensare al mio lavoro e terminare alcune commissioni molto importanti. Spero che quel che è successo non rovini il nostro rapporto amore mio, io tengo tantissimo a te e spero che tu lo abbia capito. Ti devi fidare delle persone altrimenti non vivrai mai serena.

Ascolto le parole di Fernando con attenzione e ragionando insieme a lui penso che abbia ragione, mi sono fatta trascinare dai sentimenti in ambito lavorativo e ho sbagliato. Ciò che provo per lui è un sentimento vero e importante e devo fi- darmi di lui se voglio coltivare una relazione sana e duratura.

– Hai ragione, Fernando, ti chiedo scusa, ho reagito come una bambina, tra poco rientro al lavoro e cercherò di dare il meglio come faccio solitamente. Voglio solo che tu capisca che io ci sono e che se hai problemi a casa, io voglio tenerti la mano e starti affianco. Sai, alcune volte i problemi si risolvono meglio se si è in due.

Fernando sorride dall'altra parte della cornetta e mi saluta affettuosamente mandandomi un bacio. Io sorrido e rimettendomi le scarpe mi preparo per tornare in ufficio molto carica e motivata.

La giornata trascorre molto velocemente. Il mio collega si

dimostra più sveglio e preparato di quanto potessi immaginare. Impostiamo il lavoro nel modo corretto ragionando insieme su molte sfaccettature e dettagli. Nonostante la giornata sia partita con il piede sbagliato, oggi pomeriggio abbiamo rimesso il vagone sul giusto binario e abbiamo intrapreso il percorso nella corretta direzione. Esco dall'ufficio molto soddisfatta; invito Thiago, il mio nuovo compagno di lavoro, a bere qualcosa insieme e lui, molto contento, accetta. Facciamo un lungo aperitivo nel bar vicino all'ufficio. Siamo sereni e disinvolti, la convinzione di aver fatto un buon lavoro ci rende felici e spensierati. Le giornate primaverili cominciano ad allungarsi; sono già le otto ed io non me ne sono resa conto.

– Ho passato un bel pomeriggio, Thiago, grazie per l'aperitivo.

– Grazie a te, Stella, a domani. Buona serata.

Dopo aver trascorso alcune ore spensierate, ripenso alla mattinata e mi accorgo di aver commesso un grosso errore nei confronti del mio fidanzato.

"Non si meritava quella scenata" penso tra me.

Invio un messaggio di scuse a Fernando aspettando una risposta che invece non ricevo. Rientro a casa e dopo una doccia rilassante mi siedo alla scrivania buttando su un foglio di carta i miei sentimenti. Un cuore grande imprigionato in una torre alta e dispersa oltre le nuvole, con alcune spine conficcate sul fianco che fanno colare un sangue nero, pesante e denso. Disegnare rappresenta il mio modo di scaricare le tensioni e le emozioni che altrimenti non riesco a esternare.

L'ambiente intorno alla torre è offuscato dalla penombra di un sole che sta tramontando; i suoi raggi tentano di uscire all'orizzonte e raggiungere la torre ma è troppo tardi e il buio prende il sopravvento. Il mio cuore è imprigionato e affranto, disperso su una torre lontana e solitaria.

Ora mi sento molto meglio. Ho scaricato la tensione gettandola su un foglio di carta bianco. Mi preparo una tisana e mi corico sperando che il mattino a venire mi apra le sbarre e il mio cuore possa scendere dalla torre e raggiungere ancora la luce.

CAPITOLO 11

Giulia ed io sorvoliamo le nuvole di Madrid in direzione Ibiza. Abbiamo deciso di trascorrere il nostro fine settimana sull'isola del divertimento. Sono appena le sei del mattino e stiamo per atterrare nel piccolo aeroporto dell'isola. Abbiamo con noi solo un semplice bagaglio a mano e non appena atterrate siamo pronte per scoprire quest'angolo di mondo. La città è arrampicata su un colle ed è una cartolina di case bianche. Il paese sembra molto tranquillo e accogliente. Ci trasferiamo in una delle spiagge più famose dell'isola e dopo esserci spogliate, ci stendiamo in riva al mare sopra ad un telo. La temperatura del mattino è piuttosto bassa ma il sole che sta salendo riscalda i nostri corpi ancora pallidi. Il mare ha un colore meraviglioso, azzurro e limpido. Il sole si riflette all'orizzonte creando dei singolari cristalli luminosi. Giulia ed io ci guardiamo soddisfatte e senza alcuna parola ci prendiamo per mano e sorridiamo di piacere. Decidiamo di immortalare il momento con una fotografia che sicuramente finirà nel nostro quadro di vita che possediamo a casa, in Italia.

Rimaniamo distese ad ascoltare il mare ed i gabbiani che sorvolano le nostre teste, cercando di catturare ogni minimo raggio di sole che questa meravigliosa giornata ha da offrirci. Ammiriamo l'orizzonte ridendo e scherzando soprattutto ogni volta che davanti a noi passa un bel ragazzo. Accanto a noi ci sono alcuni ragazzi coi quali facciamo presto conoscenza. Anche loro sono ad Ibiza per divertimento e vengono da Granada, capoluogo dell'Andalusia. Sono quattro ragazzi di venticinque anni molto simpatici e carini. Giochiamo insieme a loro e facciamo il bagno in mare; l'acqua è meravigliosa ma gelida. Il fondale è cristallino e l'acqua è piatta, nemmeno un'onda increspa la superficie del mare. Verso le sei decidiamo di esplorare l'isola in cerca del nostro albergo. Lo troviamo presto, non troppo distante dalla spiaggia. È molto carino e semplice: la hall è accogliente e luminosa. Il bianco è il colore predominante di tutte le abitazioni dell'isola ed i colori tenui arricchiscono le finestre e gli interni delle case. La gentilezza e la cortesia degli operatori ci ammaliano e ci rimandano al nostro paese in Italia, dove l'accoglienza è una qualità indiscussa. La nostra stanza è molto piccola ma confortevole. Abbiamo un letto matrimoniale ed un piccolo terrazzo vista mare. Il paesaggio dal terzo piano del nostro albergo è fantastico. Riusciamo a scorgere la costa, il mare e parte della città vecchia. Trascorriamo circa un paio d'ore di relax in camera in attesa della serata: i nostri nuovi amici ci aspettano al porto per le 21.

– Carino Juan, vero? – dice Giulia.

– "Carino" è poco per quel pezzo di ragazzo – le rispondo io ridendo. Juan è uno dei quattro ragazzi andalusi. È abbastanza alto, circa un metro e ottanta, capelli neri e occhi castani. Quando ride, gli escono due belle fossette in viso.

Giulia indossa un bel vestito rosso, comprato a Madrid qualche settimana fa, che le sta un incanto. Io indosso una lunga gonna e una camicetta bianca abbastanza stretta e a manica corta. Siccome l'aria primaverile è ancora fresca, decidiamo di indossare anche un giacchino in jeans. Il trucco è scelto da Giulia, esperta di maquillage; non è troppo pesante ma adatto alla serata. Alle 21 siamo pronte per raggiungere i nostri nuovi conoscenti.

Quando arriviamo al porto, li troviamo già lì, ben vestiti e profumati. Juan risplende di bellezza a tal punto che sia io che Giulia rimaniamo esterrefatte. Lui ci saluta con un tenero bacio e ci fa i complimenti. La sua bellezza è imbarazzante: "Speriamo non ci provi con me altrimenti sarà difficile resistergli" penso tra me. Trascorriamo una serata piacevole, all'insegna del divertimento e della spensieratezza. Nessuno di loro ci fa avance ed io sono sollevata, il mio pensiero va verso Fernando che purtroppo è dovuto rimanere a Madrid per lavoro. Trascorriamo la serata in un locale molto carino e abbastanza affollato. La musica è alta e quando torniamo nella nostra camera in albergo, il suono rimbomba nelle nostre orecchie: il ricordo delle serate in discoteca in Italia riaffiora alla memoria e ci fa sorridere insieme, ancora una volta.

– Te lo ricordi il nostro angolino? – mi chiede Giulia.

– Certo che me lo ricordo, mi sembra di tornare all'anno scorso. Che bello, Giulia, sono felice di essere qui insieme a te! – le rispondo io. Non voglio perdere nemmeno un'occasione per esprimerle il mio affetto; l'unica persona sempre presente da tanti anni, io e lei insieme ora e spero per sempre.

Appena rientrate in albergo, dopo aver appoggiato le nostre borsette sulla prima superficie disponibile, Giulia mi guarda e dice: — Ti voglio molto bene, Stella, lo sai, vero?

– Certo che lo so.

Ci abbracciamo e, dopo esserci struccate, ci gettiamo a letto stanche ma felici.

Ho trascorso una giornata intera senza sentire Fernando; la cosa positiva è che ho avuto pochissimo tempo per pensare a lui e nonostante questo sono comunque felice.

"Sono abbastanza forte" penso.

Ci svegliamo con il sole alto in cielo e con uno spirito positivo. Siamo stravolte in volto e i capelli sembrano non avere una direzione definita; dopo esserci sciacquate il viso con acqua fresca e dopo aver raccolto i capelli con un elastico, siamo pronte per scendere in spiaggia. Purtroppo, visto l'orario, siamo costrette a saltare la colazione, ma dopo la serata precedente, la fame è l'ultimo dei nostri pensieri.

È quasi mezzogiorno ma Juan ed i suoi amici non sono ancora arrivati in spiaggia; riusciamo a trovare un posto in riva, come il giorno precedente; Giulia ed io ci accomodiamo sui nostri teli da mare. Ridiamo ricordando la bella serata trascorsa: abbiamo ballato come due *cubiste* e abbiamo bevuto un paio di cocktail. Il tempo è volato via rapidamente come accade ogni volta che io e lei siamo insieme in un locale da ballo. La musica ci rapisce e quello che succede tutt'intorno a noi non ha più importanza; i muri e le persone svaniscono per fare spazio alla musica e al divertimento.

Verso l'una arrivano i nostri nuovi amici. Questa mattina Juan indossa un costume rosso a slip e ci invita subito a fare un bagno in mare. Giulia ed io accettiamo e ci rinfreschiamo insieme in quest'acqua cristallina. Oggi il mare porta a riva il profumo del legno delle imbarcazioni non troppo distanti e un odore di reti bagnate dei pescherecci al lavoro. Le onde increspano la superficie e ci massaggiano il corpo con il loro movimento infinito. Juan si avvicina a me e per giocare mi trascina sul fondo.

Non appena riemergo, lo rincorro e cerco di fare altrettanto ma con la sua forza mi oppone resistenza. Sorridiamo guardandoci negli occhi: "Mamma mia che bello sguardo che hai!"

penso continuando a fissarlo. Intanto Giulia gioca e scherza con Filippo, non tanto distante da noi.

– Ieri sera ti ho guardata ballare, Stella.

– Davvero? E cosa hai guardato? – chiedo io.

– La tua bellezza e la tua gioia di vivere.

Questa breve conversazione mi rallegra. Sono felice di mostrare agli altri che sono felice e che ballare mi riscalda il cuore. Cerco di evitare di guardarlo e mi allontano per fare una breve nuotata e per ridere sola, lontano da sguardi indiscreti.

Dopo qualche secondo sento le braccia di Juan che mi catturano il piede e mi trascinano verso di lui. Siamo faccia a faccia e mentre io rimango immobile, lui mi attira a sé e mi stampa un bacio sulla bocca bagnata e fresca. Io arrossisco immediatamente e visibilmente in imbarazzo cerco di allontanarmi. Il pensiero di Fernando e l'amore che provo per lui non lasciano spazio ad altre persone. Io non sono come il mio ex fidanzato, sono una persona fedele e innamorata. Così mi volto a guardare i nostri amici lontani sulla riva: – Torniamo da loro? – mi chiede Juan.

– Certo – rispondo io. – L'ultimo che arriva paga da bere! – e parto a tutta velocità verso la mia dolce Giulia. Arrivo come un razzo da lei mentre Juan nuota ancora dietro di me.

– Abbiamo un cocktail pagato, Giulia – le dico sorridendo.

– Sì, ti devo un cocktail – risponde Juan, – quando volete belle fanciulle.

Sono al settimo cielo. Sono felice e serena. Sono in vacanza e ho trovato serenità e amicizia, "Cosa si può desiderare di più dalla vita?". Trascorriamo un magico pomeriggio tra giochi, sguardi e chiacchiere. Il mare come sfondo, la mia migliore amica accanto e il sole che ci coccola e ci riscalda. Per la serata che verrà, abbiamo organizzato una cena e poi musica e divertimento.

Mangiamo pesce fresco e beviamo vino bianco con le bollicine. La serata comincia alla grande; il mio cibo preferito sulla tavola e tanta allegria. Dopo cena facciamo una passeggiata sul lungomare di questa spettacolare isola; Juan mi afferra per mano e mi fissa intensamente. Tra noi c'è molta attrazione fisica ma io non me la sento di lasciarmi andare, anche se lo desidero tanto. Giulia scherza con Filippo e anche lei mi sembra serena e appagata da questa breve ma intensa avventura.

Finalmente entriamo in discoteca: questa sera il locale è

colmo di gente e il caldo è più intenso della sera precedente. Giulia ed io ci togliamo il nostro giacchino e cominciamo a ballare senza esitazione. I nostri amici ci guardano ammirati mentre io e lei balliamo come se loro non esistessero. Balliamo tutta la sera, incuranti del caldo e dell'affollamento; siamo sole, dentro ad una bolla fatta di sola musica e ballo. Anche Juan e gli altri ballano insieme a noi; ogni tanto, però, si fermano per bere e chiacchierare mentre Giulia ed io non abbiamo tregua e continuiamo fino a chiusura. La musica è quella giusta per noi. Non vogliamo perdere nemmeno un pezzo; di tanto in tanto beviamo qualcosa dai bicchieri dei nostri amici e nulla di più.

A fine serata siamo sfinite ma insieme a Filippo e Juan decidiamo di prendere due cocktail e fare una passeggiata in riva al mare. Sono quasi le quattro e l'aria è davvero fresca. I ragazzi ci abbracciano e ci sfottono per la nostra tenacia e voglia di ballare. Noi siamo tranquille e serene nell'ammettere che siamo malate di musica e ballo. Finiamo quindi per ridere tutti e quattro, continuando a sorseggiare il nostro cocktail. Juan è molto dolce; mi stringe la mano e mi guarda ammirato: – Sei incantevole principessa! – mi sussurra all'orecchio.

- Grazie Juan, anche tu sei davvero affascinante – gli rispondo io.

Siamo stesi su due pattini ormeggiati in riva al mare e osserviamo il cielo stellato. Chiacchieriamo serenamente accompagnati dal rumore delle onde che s'infrangono sulla sabbia. L'orizzonte sul mare è scuro. S'intravedono solo alcuni lumi di imbarcazioni da pesca. Dopo circa un'ora decidiamo di tornare in albergo: i ragazzi ci accompagnano gentilmente e poi ci salutano come due cari amici, dandoci il bacio della buonanotte. Saliamo in ascensore come due bambine felici e soddisfatte e in men che non si dica sprofondiamo in un sonno profondo.

Siamo già sull'aereo di ritorno verso Madrid. Con noi le nostre nuove foto e un'altra esperienza carica di momenti indimenticabili. Abbiamo esplorato una località fantastica e abbiamo fatto nuove amicizie. Il divertimento ha riempito i nostri momenti di permanenza su questa isola magica e il ballo ha energizzato, come sempre, i nostri corpi. La mia vicinanza con Juan è stata molto dolce e trattenuta; sono stata contenta di non essermi lasciata andare. Non era quello che volevo e forse nemmeno lui. Entrambi cercavamo solo divertimento e niente più, nessun rimorso e nessuna tristezza per la nostra fugace avventura. Siamo stati vicini, anche solo per un attimo, e abbiamo assaporato quel poco che potevamo concederci: tanta felicità e gioia di vivere. Ora ho voglia di sentire Fernando e di tornare al mio lavoro.

– Sei felice, Giu? – le chiedo io.

– Molto e tu?

– Come faccio a non essere felice quando siamo insieme, tu ed io! – le rispondo.

Sorridiamo e riempiamo i nostri cuori di amore per la nostra amicizia e per la bella esperienza che abbiamo portato a casa per l'ennesima volta. Giulia ed io siamo legate da un amore grande e puro, che va oltre l'invidia e la gelosia. Giulia è la sorella che purtroppo non ho mai avuto ma che mi sarebbe tanto piaciuto avere. Non importa se dentro di noi non scorre lo stesso sangue, ciò che è davvero importante è il sentimento che ci lega nel profondo.

CAPITOLO 12

Manca un mese alla fine di questo meraviglioso viaggio. Le giornate di maggio a Madrid sono sufficientemente calde per indossare già magliette smanicate e vestitini leggeri. Il sole illumina le nostre stanze e scalda i nostri cuori. La nostra compagna di appartamento ha organizzato una piccola festa di compleanno ed ha invitato alcuni amici in casa. Ha chiesto a me e Giulia di aiutarla nei preparativi e noi siamo molto felici di potere condividere con lei questo giorno speciale. Durante i mesi trascorsi insieme abbiamo instaurato un buon rapporto; non dimenticherò mai il giorno in cui Marcos è entrato in camera nostra e si è gettato sopra di me come un animale. Lei è stata la prima a soccorrermi quella maledetta notte e a capire immediatamente cosa stesse succedendo. Mi è stata vicina per molto tempo e quel brutto avvenimento ci ha unite ancor di più. Abbiamo spesso cenato insieme; mi ha insegnato alcune ricette tipiche del suo paese ed io sono stata molto contenta di insegnarle alcune ricette del nostro. Entrambe adoriamo cucinare e le cene insieme sono sempre state un successo. È stata molto utile anche per l'apprendimento della lingua.

Oggi compie ventisei anni; ai miei occhi sembra già una donna matura mentre, invece, è una ragazza molto simile a me e Giulia, ancora desiderosa di divertimento e spensieratezza, come una ragazza della nostra età deve essere. Cuciniamo insieme per tutto il pomeriggio accompagnate da una magnifica musica di sottofondo e un bicchiere sempre pieno di buon vino bianco.

Ha organizzato un aperitivo per una decina di persone.

Verso le sei i primi amici cominciano ad arrivare. Io aspetto Fernando che dovrebbe raggiungerci per l'ora di cena. Quando arriva, sono al settimo cielo e tutti insieme, attorno al modesto tavolo della cucina, parliamo, beviamo e mangiano buon cibo fino a tarda notte. Fernando si dimostra affettuoso nei miei confronti, non dimenticando mai di servirmi o aiutarmi per ogni cosa io abbia bisogno. Talvolta parla con gli amici di Andrea, altre volte parla con Giulia, seguendomi con lo sguardo attento ad ogni mio movimento. Incontro spesso i suoi occhi verdi e accarezzo la sua mano morbida. Sono felice sia riuscito a condividere con noi questa festa.

Giulia ed io abbiamo comprato un regalo per Andrea; dopo il taglio della torta decidiamo di consegnarglielo. Non appena Andrea lo apre, rimane sorpresa e decide di indossarlo immediatamente. Va in camera e dopo cinque minuti esce indossando un vestito lungo color pesca. I suoi amici rimangono sbalorditi dalla sua bellezza e dalla lucentezza dei suoi occhi; io e Giulia capiamo che le piace molto. Si avvicina a noi e ci abbraccia amorevolmente ringraziandoci per la sorpresa che le abbiamo fatto. Le vogliamo molto bene e siamo contente di averla conosciuta e averle regalato un momento di felicità e gioia. Decidiamo di immortalare la serata con una bella fotografia di gruppo. La serata si conclude non troppo tardi. Siamo tutti stanchi e purtroppo ognuno l'indomani ha il proprio impegno lavorativo.

– Ti fermi ancora un po'? – chiedo a Fernando.

– Preferisco andare a casa, Sole, ma ci vediamo domani in ufficio. – risponde lui.

Ci abbracciamo forte e ci diamo il bacio della buonanotte. Mi piacerebbe trascorrere più tempo insieme a lui ma le occasioni sono sempre molto fugaci.

Il lavoro insieme a Thiago continua nel migliore dei modi. Insieme a Fernando approfondiamo spesso alcuni dettagli utili al nostro progetto e durante le nostre conversazioni Fernando rimane positivamente soddisfatto per le domande che gli poniamo e per come abbiamo deciso di portare avanti il lavoro. Thiago si impegna molto e l'impressione che ebbi alcuni mesi fa sulla sua poca professionalità muta in positivo di giorno in giorno. Oggi sono contenta di avere lui come collega di progetto, siamo d'accordo su ogni decisione e riusciamo a suddividerci i compiti senza sovrapporci e senza mai dubitare sul lavoro dell'altro. Gli altri gruppi non sono affiatati quanto noi e capita spesso di sentire discussioni alle volte anche molto accese. Mi dispiace per loro ma in fondo sono anche molto contenta poiché rappresenta un enorme vantaggio per noi e per il nostro progetto.

"Mors tua, vita mea" penso spesso tra me sorridendo. Siamo piuttosto avanti con il progetto, ma decidiamo comunque di impegnarci ogni giorno e continuare in questo modo fino alla fine: vogliamo vincere la sfida che Fernando ci ha lanciato! Questo lavoro ci coinvolge molto e capita spesso di rimanere in ufficio oltre l'orario consentito. Anche questa sera sono quasi le otto e io e Thiago siamo ancora alla nostra postazione. D'improvviso entra Fernando e ci richiama alla sua attenzione: – Ciao ragazzi, siete ancora qui?

– Ciao Fernando, sì, stavamo tentando di risolvere ancora una questione.

– È ora di uscire altrimenti rimarrete chiusi qua dentro per tutta la notte! – esclama lui sorridendo.

Decidiamo allora di uscire insieme; risolveremo il nostro dubbio l'indomani. Thiago mi chiede di cenare insieme a lui e, anche se noto una punta di disapprovazione negli occhi di Fernando, decido di accettare. Fernando ci saluta ed io e Thiago ci rechiamo in un bel pub non troppo distante dall'ufficio. Dopo alcuni minuti ricevo un messaggio da Fernando:

F. Ore 20.23: "Sole, non mi piace che frequenti altri uomini oltre a me."

S. Ore 20.24: "Dai, Fernando, sei geloso?"

F. Ore 20.24: "Sì, lo sono. Non mi piace, mi sento male all'idea che tu stia ridendo e cenando insieme ad un altro."

S. Ore 20.25: "Potevi fermarti insieme a noi... Non hai alcun motivo per essere geloso, rilassati."

Non ricevo altri messaggi da Fernando. Io e Thiago trascorriamo l'intera serata davanti a svariati bicchieri di birra e una buona cena. Io gli racconto la mia breve vita e lui mi ascolta incuriosito. Vedo il suo sguardo attento e spesso lo scopro a sorridere alle mie esclamazioni. Cerco di scoprire anche io qualcosa di più di lui e della sua vita ma lui è talmente entusiasta dai miei racconti che la serata prosegue all'insegna della *vita di Stella*. Io sono felice di raccontare qualcosa di me a qualcuno che sembra piacevolmente interessato. Così continuo il mio monologo finché sento il cellulare vibrare dal fondo della borsa. Lo cerco alquanto impacciata, sono abbastanza stanca e l'alcool inizia a farsi sentire. Dopo qualche istante lo trovo e noto con stupore che è Fernando. Mi alzo, rispondo ed esco dal locale alla ricerca di un angolo più tranquillo.

– Pronto!

– Ciao Stella, dove sei, tesoro?

– Ciao Fernando, sono ancora a cena e tu?

– Ti stai divertendo?

– Sì, sto bene, abbiamo cenato e ora stiamo chiacchierando serenamente. Vorrei che fossi qui con me e vorrei abbracciarti forte.

– Stella, sto venendo a prenderti. Mi sentivo male a rimanere a casa e sapere che tu sei in compagnia di un altro uomo. Ti va di parlare un po' con me?

– Oh mio Dio. Certo che ne ho voglia. Ma dove sei?

Non trascorrono neppure pochi minuti che sento la sua mano accarezzarmi la schiena.

– Eccomi qua, amore mio.

Mi volto e ritrovo il viso di Fernando accanto al mio. Lo abbraccio forte e lo bacio intensamente. I suoi occhi sono dolci, lui mi osserva attentamente e dopo poco mi rimprovera per aver bevuto troppa birra. Io sorrido e prendendolo per mano cerco di trascinarlo all'interno del locale. Lui mi blocca e mi dice che mi aspetterà in macchina, non è una bella idea rivelare a Thiago la nostra relazione.

Non appena entro nel locale, trovo il mio compagno di serata intento a pagare il conto e pronto per lasciare il pub. Io lo guardo e sorrido felice per aver trascorso insieme a lui questa tranquilla serata.

– Mi devi una birra, Stella, voglio ancora ascoltare i bellissimi racconti della tua vita. Ora è meglio andare a casa, domani mattina abbiamo del lavoro da completare. Grazie per la serata, sono stato molto bene.

Io lo osservo ancora una volta. Non avevo mai notato quanto fosse attraente e giovane. Ha una pelle liscia ed è leggermente abbronzato. Porta una curata barba e si veste molto bene.

– Grazie, Thiago, anche io sono stata molto bene, grazie per avermi ascoltata e per aver pagato il conto. Penso di non doverti solo una birra, ma un'intera cena.

Mi saluta dandomi un delicato bacio sulla guancia che mi provoca una strana sensazione di imbarazzo, essendo consapevole che Fernando ci sta osservando. Lo saluto in fretta e sfreccio verso la macchina del mio fidanzato. Non appena entro, Fernando esprime il suo disappunto per quello che ha appena visto. Io cerco di sdrammatizzare e lo tranquillizzo prendendo il suo viso tra le mie mani e dandogli un bacio. Sorrido dalla gioia e chiedo a Fernando dove abbia intenzione di portarmi.

– Sono molto stanco, potremmo rimanere a casa tua se per te va bene.

– Perché non andiamo da te in città? almeno non disturbiamo Giulia – gli rispondo io.

– Non credo sia una buona idea, Stella, preferisco rimanere da te, è più vicino e poi non mi tratterrò a lungo, ho bisogno di andare a dormire presto. Andiamo nel mio appartamento. Giulia non è ancora in camera. Fernando mi stende sul letto e comincia a baciarmi ovunque. Io sono molto stanca e l'effetto dell'alcool contenuto nella birra mi sta offuscando la mente. Sento il suo profumo inebriarmi e chiudendo gli occhi sono sbalzata nel mio solito mondo parallelo.

Mi ritrovo in un'isola sperduta. Sono nuda, distesa sulla spiaggia di un singolare atollo circondato solo da acqua e orizzonte sconfinato. Dietro di me, palme e arbusti. Sotto di me, una fine sabbia bianca mi riscalda il corpo. Continuo a tenere gli occhi chiusi ma un senso di solitudine inizia a pervadere la mia mente. Ho paura di essere sola e abbandonata in questo paradiso terrestre. Provo a muovermi ma capisco di avere mani e gambe bloccate da qualcosa che non riesco a identificare. Incomincio a tremare e ansimare. La bellissima sensazione iniziale comincia a modificarsi e a diventare inquietudine. D'improvviso sento una voce che mi chiama. È la vocina di Fernando che dolcemente mi risveglia dal sogno.

– Oddio, Fernando. Sono qui con te fortunatamente. Mi sembrava di vivere un incubo. – E cerco di raccontargli il sogno che stavo vivendo.

Lui mi osserva e sorridendo mi dice che sono troppo stanca. Mi accarezza dolcemente e mi coccola. Vorrei addormentarmi tra le sue braccia ma prima che io lo faccia mi saluta e mi augura una buona e serena nottata. Io sono esausta e senza avere le forze per fermarlo lo saluto e mi addormento quasi all'istante.

Quando mi sveglio sono già le otto del mattino. Mi alzo ancora stanca e disorientata dalla serata precedente. Non ricordo esattamente cosa sia successo, mi rimane solo l'idea di una bellissima serata in compagnia di Thiago e poco altro. Mi faccio una doccia con la speranza di svegliarmi. Giulia dorme profondamente e le dedico qualche istante per ammirarla. Oggi fuori c'è un sole bellissimo e mentre mi vesto penso alla mia cittadina e alla prossima stagione estiva. Penso al mio mare e alle spiagge che pian piano si riempiono di turisti. Mancano poche settimane e finalmente potrò tornare a casa e vivere una nuova stagione estiva.

Prendo la mia borsa e mi incammino verso l'ufficio. A pochi passi dall'ingresso incontro Fernando che si vuole assicurare del mio stato. Mi guarda e sorridendo mi chiede come mi sento. Io sorrido e con le guance arrossate lo rassereno e lo ringrazio per avermi portato a casa sana e salva e per avermi messa a letto.

È l'ultima settimana di tirocinio e mancano pochi giorni alla consegna del lavoro. Thiago ed io ci siamo impegnati moltissimo e abbiamo già completato il nostro progetto. Siamo abbastanza soddisfatti e abbiamo tutta la settimana per apportare gli ultimi aggiustamenti e arrivare a venerdì rilassati e sereni. Molti dei nostri colleghi invece sono ancora in alto mare e stanno arrancando per ultimare il lavoro. Io e Thiago siamo stati una squadra molto affiatata e abbiamo lavorato sodo per ottenere, dal mio punto di vista, un ottimo risultato. Fernando ci ha sempre seguito con opportuno distacco ed è alquanto curioso di conoscere il risultato. La settimana prossima deciderà chi saranno i vincitori della borsa di studio e potrà quindi continuare a lavorare in questa giovane azienda. Io sarei lusingata di vincere questo progetto, sia per il mio impegno che come soddisfazione personale. Un grande insegnamento che ho ricevuto da mio padre quando ero bambina è stato quello di non mollare mai di fronte alle difficoltà della vita. I bambini sentono spesso il bisogno di essere spronati in questo, sia che debbano tuffarsi in una piscina dove non toccano con i piedini, sia che debbano andare a scuola quando c'è una verifica o qualcosa che a loro non piace. I bambini vanno aiutati: vanno presi per mano e accompagnati verso le difficoltà. Non devono essere protetti dai genitori sempre e comunque. Sono cresciuta con la consapevolezza che tutto non fosse dovuto e che ogni cosa che abbiamo attorno debba essere conquistata, compresa la fiducia ed il rispetto. Per questi insegnamenti ringrazio mio padre che ha saputo rendermi forte e sicura di me stessa e delle mie capacità. Tante volte sono caduta a terra ma l'insegnamento ricevuto è stato quello di sapersi rialzare ancora più determinata, senza rimpianti e rimorsi.

Oggi faccio tesoro di questi insegnamenti ed affronto i problemi a testa alta, con la stessa tenacia di quando dovetti imparare ad andare in bicicletta o sciare. Ciò che mi è mancato, invece, sono stati i riconoscimenti. Alle volte sentirsi dire: "Brava, ti sei impegnata e sei stata brava" farebbe molto piacere e servirebbe per alleviare le fatiche sostenute. Nella mia breve vita, infatti, ho imparato a ricompensare e congratularmi più spesso con le persone care per far capire loro che sono importanti e che tu le riconosci come tali. Il rapporto tra me e Giulia è fondato anche su questo: non bastano solo i consigli o le critiche ma servono specialmente e soprattutto i complimenti veri e sinceri. È necessario mostrare l'amore che si prova l'uno per l'altro senza che nulla sia dovuto o scontato. Sentirsi amati e valorizzati dona fiducia e accresce l'animo.

CAPITOLO 13

Sono in auto con Fernando. È passato a prendermi alle otto dell'ultimo venerdì lavorativo qua a Madrid. Abbiamo preparato insieme e velocemente uno zaino con dentro il cambio per l'intero weekend e non ho la più pallida idea di dove mi stia portando.

È molto buio e sono già tre ore che viaggiamo in zona periferica, lontano dalla città e dalle luci. Attorno a noi solo deserto e bassi cespugli aridi. La luna piena illumina debolmente l'ambiente che ci circonda e nasconde le bellissime e luminose stelle del firmamento.

– Fernando, dove stiamo andando?

– Non preoccuparti, Stella, siamo quasi arrivati.

Penso di essere dispersa chissà dove ma non m'importa perché accanto a me c'è lui, l'uomo più straordinario che abbia mai conosciuto. Sarei felice anche se dovessimo dormire in tenda, tra le sue braccia sarei comunque felice e al sicuro.

Passano ancora pochi minuti e finalmente arriviamo di fronte ad un piccolo chalet sperduto in un bosco, lontano da Madrid e da qualsiasi forma di vita.

Lui mi guarda e mi racconta che questo luogo era il posto dove da piccolo lui e la sua famiglia trascorrevano le vacanze estive. Scendiamo dall'auto e ci accingiamo ad entrare, quando d'improvviso la porta dell'ingresso si apre e una signora di una certa età, con il capello bianco lungo, accuratamente raccolto in uno chignon, ci accoglie calorosamente dandoci il ben arrivati. Nonostante la tarda ora ci ha preparato la cena e ci fa subito accomodare a tavola. Mangiamo con tanto appetito e soddisfazione. Il profumo del cibo è davvero invitante e noi ci lasciamo coccolare da questa incantevole atmosfera. Completiamo la cena con un caldo e fumante dolce al cuor di cioccolato fuso. "La ciliegina sulla torta per una deliziosa cena a lume di candela" penso felice. Sorseggiamo un bel bicchiere di vino e chiacchieriamo di fronte ad una veranda; al di là del vetro si scorge una maestosa piscina che sembra disegnata da un pittore. Il fondo è tempestato di luci colorate che la rendono ancor più suggestiva.

Non passa molto tempo che entrambi, sfiniti da una settimana molto intensa, ci apprestiamo ad andare in camera; appoggiamo il capo sul profumato e morbido guanciale e sprofondiamo in un sonno profondo.

Sono forse le sei del mattino quando il cinguettio degli uccellini che si poggiano sul nostro davanzale ci danno la sveglia. La calda mano di Fernando mi accarezza la schiena scoperta e sale fino al capo ancora sprofondato dentro al cuscino. Lui continua ad accarezzarmi il corpo ed io ancora intorpidita dal sonno mantengo la mia posizione cercando di assaporare il momento e di godere di tutto ciò che quest'uomo desidera donarmi. Le coccole si fanno sempre più intense e ben presto ci ritroviamo avvinghiati in un intreccio di corpi. Siamo felici e il desiderio che proviamo l'uno per l'altro non si è mai affievolito, anzi, man mano che ci conosciamo meglio cresce sempre più.

Verso le otto il profumo di un dolce appena sfornato e l'odore di caffè entrano nella nostra stanza. Decidiamo quindi di alzarci e di scendere a fare colazione. La dolce signora della notte precedente ci accoglie e ci coccola come una madre. Ci osserviamo con gli occhi di due innamorati, con la consapevolezza che questo sarà il nostro weekend di amore e che nessuno potrà rovinarcelo.

– Dopo la colazione andiamo a fare una passeggiata nel bosco, vedrai: ti piacerà – dice Fernando.

Fernando è talmente premuroso che mi ha comprato un completo da trekking nuovo; desidera che questo breve viaggio sia perfetto in ogni particolare. Io lo assecondo e mi godo il momento magico. Lo indosso, curiosa di ciò che questa giornata mi porterà. Lego i miei capelli e lestamente lo raggiungo all'uscita dell'albergo.

– Sei pronta per camminare? – mi chiede Fernando prendendo la mia mano.

– Credo di sì, ma io non sono molto abituata a camminare, specialmente in montagna – rispondo sorridendo.

– Vedrai che ti abituerai. Abbiamo molta strada da fare e tante belle cose da vedere.

Ci abbracciamo e felici ci apprestiamo a scoprire la foresta che abbiamo di fronte. I sentieri sono stretti ma ben curati. Gli alberi sono molto alti e il sole fatica a penetrare tra le verdi fronde. L'aria è fresca e il profumo della terra umida mi avvolge facendomi affiorare alla mente le meravigliose domeniche trascorse a fare pic-nic in montagna con la mia famiglia. Eravamo soliti trascorrere la domenica insieme a tutta la famiglia, tanto tempo fa.

Partivamo di buonora al mattino, formando una lunga carovana di macchine. La mia famiglia è composta da molti componenti e già da piccoli usavamo frequentare gli stessi luoghi di vacanza o semplicemente condividere la domenica insieme. Le mamme preparavano grandi cestini di vivande e noi bambini correvamo a perdifiato nei prati, trovando ad ogni occasione nuovi giochi da fare insieme. Io e i miei cugini eravamo incredibili e geniali; non mancavano le risate e la voglia di stare insieme. Ricordo, un giorno, riuscimmo persino a costruire una capanna, certamente modesta e alquanto instabile, ma ai nostri occhi sembrava comunque una reggia. Fingevamo di vivere in un castello, circondato da acque infestate da coccodrilli. Noi bambine eravamo le damigelle della cugina più grande, mentre i maschietti erano i garzoni del re, sempre presi a lavorare con l'erba e raccogliere e portare al castello nuovi oggetti che noi fanciulle dovevamo selezionare con cura per il re e la regina. Le giornate volavano veloci e noi bambini eravamo spensierati e felici, consapevoli dell'amore grande che le nostre famiglie ci donavano.

Sono ancora persa nei miei bellissimi ricordi quando Fernando mi riporta alla realtà prendendomi per mano e facendomi ammirare un bellissimo scoiattolo che salta indisturbato tra i rami degli alberi sopra le nostre teste. La natura che ci circonda è davvero incantata e sembra di camminare lungo un sentiero disegnato in un libro di fiabe: gli alberi sono alti e slanciati, il terreno è ricoperto di cortecce e piccoli rametti e il rumore dei nostri corpi che calpestano questo miscuglio di natura è chiaramente percettibile. Gli uccellini si alzano al nostro passaggio e gli animaletti come quello che mi ha mostrato Fernando, saltano tra un ramo e l'altro con una rapidità spaventosa. Il profumo della terra bagnata, del legno umido e l'aria fresca avvolgono i nostri corpi sereni e innamorati.

In alto, il cielo è azzurro e sereno e i lievi raggi di sole ci guidano in una radura. I prati sono tagliati e curati e isole di fiori coltivati sono sparse a chiazze per tutto il prato. Le macchie di fiori formano dei bellissimi disegni e i colori sono sfumati e curati nel dettaglio. Io rimango incantata e mi fermo ad ammirare il paesaggio per diversi minuti. Fernando prosegue nel cammino, voltandosi all'indietro per continuare a fissarmi soddisfatto attendendo il mio risveglio che tarda ad arrivare. Sorrido felice e spensierata, non vorrei null'altro in questo momento. Mi basta la vista di questo paesaggio per soddisfare qualsiasi mia esigenza: lo stomaco è sazio e la testa è libera di spaziare e volare leggera come lo scoiattolo che abbiamo incontrato pochi istanti fa.

La natura cura l'anima delle persone, bisognerebbe cogliere i suoi segnali e farne tesoro.

– Grazie Fernando; grazie per la possibilità che mi hai dato oggi. La magnificenza della natura mi ricorda sempre quanto siamo piccoli noi in confronto a lei. Con le nostre paure, le nostre ansie, le giornate storte... Mi hai fatto il regalo più bello che potessi aspettarmi - urlo al cielo.

– Questo posto mi ha sempre aiutato a rigenerarmi e sono felice che anche per te sia la stessa cosa – sorride soddisfatto Fernando.

Lo raggiungo e lo abbraccio forte cercando di annusare il suo profumo e ricambiando un calore avvolgente. Sento le sue forti dita che premono energicamente sulla mia schiena. I nostri cuori suonano una dolce melodia; come avviene da sempre, il nostro abbraccio è unico e indescrivibile.

– C'è altro da vedere Fernando? – chiedo io desiderosa di scoprire nuovi scenari.

– Questo è solo l'inizio del cammino – mi risponde prontamente Fernando.

– Se vuoi ci riposiamo dieci minuti in questo parco e poi proseguiamo il cammino. Abbiamo ancora un paio di ore di cammino davanti a noi. Pensi di farcela, Sole?

– Due ore di cammino, ma sei matto? E perché invece non rimaniamo qui e ci rilassiamo?

– No, Sole, dobbiamo almeno provarci, fidati di me e vedrai che poi mi ringrazierai.

Ci riposiamo per qualche minuto distesi nel prato senza proferire alcuna parola. Chiudiamo gli occhi e ci prendiamo per mano e lasciamo che siano le nostre carezze a riempire il silenzio che ci separa. Le sue mani sono morbide e avvolgenti. Il cielo è azzurro; nemmeno una nuvola all'orizzonte. "Questa giornata sarà lunga e perfetta" penso io.

Riprendiamo il cammino e dopo circa due ore sono stanca e inizio a sbuffare e a invocare la fine; i miei piedi sono bollenti e iniziano a fare male. Ho paura di non riuscire ad arrivare in fondo mentre Fernando continua a rassicurarmi e a prendermi in giro dicendo che sembro una bambina piagnucolona. Eppure, alle volte vorrei davvero tornare bambina per essere di nuovo abbracciata e coccolata. Voglio sentire l'affetto delle persone che mi vogliono bene e voglio anche donarlo.

– Siamo arrivati, Sole.

Un nuovo scenario si apre davanti ai nostri occhi. Ora siamo di fronte ad una cascata di acqua che forma un laghetto proprio davanti a noi. L'acqua scende rapida dalla cascata e si ferma in questo bacino per poi defluire poco più sotto in un ruscello piccolino che arriverà fino a valle.

Attorno al bacino di acqua c'è una piccola riva di erba verde e poco distante il bosco fitto che ci ha condotto fino a qui. La cascata sembra quella delle fiabe che ascoltavo raccontate da mia madre, da bambina. Lo stesso dove il principe azzurro era alla ricerca della sua principessa.

L'ambiente è davvero meraviglioso e incantevole. Sorrido alla vista dell'acqua e della natura che ci circonda. D'istinto mi viene da togliere le scarpe e i calzini. Ho bisogno di rinfrescare i piedi e riposarmi contemplando l'ambiente che ci circonda. Anche Fernando è del mio stesso avviso e mi segue in silenzio emulando i miei movimenti.

Ci sediamo sopra ad una roccia con i piedi a mollo nell'acqua fresca. Gli uccellini cinguettano e il rumore dell'acqua che scende dalla cascata riempie i nostri silenzi. Il fondale è sassoso e così l'acqua è limpida e trasparente. Riusciamo a vedere perfettamente il fondo e la vegetazione che si è formata. L'acqua sarà alta circa due metri nella parte centrale e viene voglia di fare il bagno, anche se la temperatura è molto bassa, gelata.

- Che ne dici, Sole, la facciamo la pazzia? – mi chiede Fernando indicando l'acqua.
- Ma tu sei pazzo, l'acqua è gelida – rispondo io.
- È la seconda volta che oggi mi dai del pazzo, vuoi vedere che ti butto dentro vestita? Dai, proviamo, ci buttiamo e poi risaliamo subito.

Fernando è convinto e inizia a spogliarsi. Io lo guardo esterefatta ma non mi importa delle regole e del bon ton. Mi spoglio e mi getto su di lui più lestamente delle mie sensazioni. Se avessi ascoltato il mio corpo non mi sarei mai buttata. L'acqua è talmente fredda da bloccare il respiro. Lo raggiungo e sorridendo giochiamo come se tutto fosse una magia. L'acqua che arriva dalla cascata provoca un idromassaggio naturale e noi lo sfruttiamo immediatamente. – E se arriva qualcuno e ci vede nudi? – chiedo io impaurita.

- Vedrà una donna bellissima e felice che fa il bagno con il suo uomo. – Sorride sereno Fernando.

Io smetto di preoccuparmi e mi godo il rinfrescante bagno e il magico momento. Dopo pochi istanti usciamo dalle gelide acque e ci stendiamo su un telo che Fernando ha portato con sé dall'hotel. Ci stendiamo al sole e ci asciughiamo rimanendo nudi uno accanto all'altro. Lui si volta verso di me e mi guarda accarezzandomi dolcemente il pancino ed il seno scoperto.

- Sei stupenda, rimarrei tutto il giorno ad ammirarti.
- Fernando, io penso di essermi innamorata follemente di te – gli sussurro all'orecchio.
- Bene, allora siamo due pazzi – mi risponde sorridendo lui.

Lui appoggia il suo viso sul mio petto e rimane in silenzio ad ascoltare i battiti del mio cuore. Io lo stringo e accarezzo i suoi capelli ancora bagnati.

- Rimani qui con me, non te ne andare Sole, io non posso più vivere senza di te.

– Fernando, non dire queste cose, lo sai che il contratto mi scade a fine mese e i miei genitori, i miei parenti e i miei amici mi aspettano in Italia da un anno ormai! Inizia a farsi sempre più pesante il pensiero del nostro allontanamento. Ma entrambi siamo sempre stati a conoscenza del fatto che io sarei tornata alla mia amata città marittima, almeno per la stagione estiva. Ho il cuore che si stringe nel mio petto e Fernando sente che comincia a battere più rapidamente.

– Cosa c'è che ti turba amore mio?

– Stavo pensando a me. Stavo pensando che probabilmente una volta che io sarò lontana, di noi rimarrà solo il ricordo.

– Sole non puoi sapere cosa accadrà nel futuro, lo scopriremo. Ti chiedo almeno oggi e domani di non pensarci e di vivere gli ultimi giorni al massimo e di concentrarti solo su noi due ora. Guarda che luogo meraviglioso ci circonda, viviamolo insieme al nostro amore. Ora rivestiti che mangiamo un boccone. Ho portato un cestino con qualche cosa da gustare. Spero ti piaccia. Poi nel pomeriggio scenderemo allo chalet e ti coccolerò a bordo piscina, ti va?

– Va bene, Fernando, ho una fame da lupi.

Dopo pranzo ci apprestiamo a fare la nostra lunga passeggiata in direzione albergo e piscina. Ora il sole è in alto e i raggi raggiungono anche il suolo di questo bosco incantato. I riflessi di luce creano colori meravigliosi e la discesa sembra meno impervia della salita che abbiamo affrontato questa mattina.

Finalmente raggiungiamo lo chalet e ben presto ci troviamo a nuotare dentro la piscina. L'acqua è molto più calda rispetto a quella della cascata. Alcune persone sono distese sulle sdraio sul bordo e osservano curiosi i giochi e l'amore che io e Fernando sprigioniamo quando siamo insieme. Io mi sento una ragazzina; alle volte posso sembrare infantile ma non mi importa, voglio rimanere così e custodire questa mia allegria adolescenziale.

Ricordo quando da bambina i miei genitori fecero una litigata per questo mio atteggiamento. Mia madre preoccupata, diceva a mio padre che nonostante avessi già dieci anni, continuavo a giocare con le bambole.

– Ormai è grande – gli diceva mia madre.

– Lasciala giocare finché può, avrà una vita per essere grande, lascia che mantenga il suo spirito da bambina, se le piace. Perché vuoi a tutti i costi farla diventare grande? – le rispondeva lui.

Mio padre aveva ragione. Non esiste un'età per essere felici e giocosi, l'importante è farlo nel rispetto degli altri.

Io sono felice, sento di esserlo e sono convinta che si veda anche da fuori. Trascorriamo il weekend in tranquillità sorseggiando cocktail a bordo piscina, leggendo un libro e all'occorrenza tuffandoci in piscina per rinfrescare la pelle accaldata dal sole. Le ore passano leste e ben presto ci ritroviamo nelle nostre abitazioni a Madrid, portando a casa un fantastico quadro di immagini che rimarranno indelebili nei nostri cuori.

CAPITOLO 14

Guardo fuori dalla finestra di camera mia e vedo l'orto di mio padre che inizia a produrre i frutti estivi. Il cielo è azzurro e il caldo e l'afa di questo giugno inoltrato si fanno sentire. Sono passati quindici giorni da quando abbiamo lasciato la Spagna e siamo tornate alle nostre case in Italia. Non sono ancora riuscita ad uscire di casa e andare a salutare i miei amici. Giulia mi chiama ogni giorno ma io non me la sento di uscire. Sono ancora distrutta dalla penosa scena che ho vissuto il giorno in cui ci siamo imbarcate.

Eravamo appena fuori dall'aeroporto e stavamo per scaricare le valigie dall'auto di Fernando quando d'improvviso si avvicina una signora con in braccio un bambino. La scena è stata molto repentina ed io non ho capito subito cosa stesse succedendo. Fernando, alla vista di questa signora, si è bloccato e imbarazzato continuava a fissare lei e il suo bambino.

Il bambino, di circa due anni e mezzo di età, ben vestito e ben curato, non appena sceso dalle braccia di sua madre è corso verso Fernando urlando una parola che non dimenticherò mai per la forza con cui è arrivata al mio cuore: "Papà". La signora che portava il bambino era la moglie di Fernando. Si è avvicinata e con molta calma e serenità si è presentata e poi si è accostata al marito. Io ho passato qualche minuto di confusione, non riuscivo a capire se stavo vivendo un sogno oppure se davvero stava succedendo a me.

Giulia mi ha presa per mano e dopo aver raccolto le valigie ci siamo allontanate da quello che fino a pochi minuti prima pensavo fosse il mio uomo. Ci siamo salutati con un *ciao* e un arrivederci tanto freddo che sembrava equivalente a quello di due conoscenti occasionali.

Fernando è sposato e ha un figlio.

Come è possibile?

Come posso essere stata tanto ingenua e non aver capito? Sono stata felice insieme ad un uomo sposato. Mi sono innamorata di un uomo che non esiste. Ho passato tutto il viaggio di ritorno a pormi mille domande alle quali non esiste una risposta. Ora mi ritrovo seduta accanto al termosifone di camera mia, in Italia, con il cuscino fra le mani e il viso coperto da un fiume di lacrime. Sono distrutta.

Oggi sono scarica di parole e il mio cuore sta soffrendo per la consapevolezza che non esiste l'amore vero e che la porta della felicità che pensavo di aver trovato e finalmente aperto si è improvvisamente chiusa, rigettandomi fuori, talmente in fretta che sto ancora ruzzolando all'indietro senza la possibilità di aggrapparmi a nessun appiglio. Sto precipitando senza vedere neppure una lieve luce che mi mostri la fine di questo mio doloroso viaggio. Io mi sto lasciando cadere, incurante di dove stia andando e quando finirà questo vuoto che sento dentro. Non voglio nemmeno provare a rialzarmi, lascerò che sia il tempo a farlo. Voglio godere anche di questo dolore perché è troppo forte e voglio che mi serva da lezione per il futuro, se esiterà ancora per me.

Ogni giorno ricevo messaggi da Fernando. Sono messaggi di scuse perché non ha avuto il coraggio di dirmi la verità.

"Sole, rispondi al telefono, voglio spiegarti tutto": mi ha scritto oggi dopo l'ennesimo tentativo di telefonata.

Io non sono ancora pronta e forse non lo sarò mai. Non voglio sentire quella voce falsa e viscida che mi ha illusa per tanti mesi. Voglio rifarmi una vita e dimenticare tutto quanto al più presto anche se so benissimo che non dimenticherò mai quello che c'è stato tra noi. Come al solito, e ora ne sono ancor più convinta, mi sono costruita una figura immaginaria che ho plasmato a mio piacimento. Non esiste il Fernando dolce e premuroso. Non esiste l'uomo perfetto che consola e protegge. Esiste solo un uomo che ha tradito la sua famiglia e ha illuso una ragazzina. Esiste un padre bugiardo e instabile che non ha ancora ben chiaro cosa vuole fare da grande.

Sono trascorsi già quindici giorni ma l'immagine del bambino che corre tra le braccia di suo padre è ancora troppo nitida. Io mi sento una piccola farfalla appena posatasi sul braccio di Fernando e una mano potente e prepotente mi ha appena schiacciata. Sono rimasta appiccicata alla sua pelle e non ho le forze per alzarmi in volo e fuggire, sono inerme di fronte alla situazione. Ho le ali fratturate e sono troppo debole per riprendere il volo; sto osservando il mondo a testa in giù con dolori indescrivibili che passano dallo stomaco e attraverso il cuore arrivano alla mia testa.

Tento di liberare la mente ma non appena ci provo riaffiorano momenti di vita trascorsa insieme a lui, tra una risata e uno sguardo, tra un abbraccio e una coccola. Il calore dei nostri abbracci e i frastuoni silenziosi dei nostri cuori che battevano vicini sono ancora parte di me e dei miei pensieri.

Lo sogno ogni notte e lo penso ogni giorno.

Il campanello di casa suona ed io non ho le forze per aprire il portone. Giulia è fuori da casa mia e continua a suonare in attesa di una mia risposta. Sa benissimo che io sono barricata in casa e oggi è venuta a trascinarmi fuori, a tutti i costi.

– Apri la porta, Stella – mi arriva un messaggio sul cellulare. –Finché non aprirai non me ne andrò e continuerò a suonare.

Decido allora di aprire la porta e lasciar entrare la mia amica del cuore. Non appena la vedo, le corro incontro e mi sciolgo in un abbraccio avvolgente. Continuo a piangere come una bambina ferita. Lei ricambia il mio abbraccio e poi severa dice di riprendermi e di prepararmi perché vuole uscire insieme a me.

– Giulia, non ho le forze per uscire di casa e non ho assolutamente voglia di farlo.

– Non mi interessa cosa vuoi tu, adesso ci prepariamo e usciamo, andiamo in spiaggia a fare una passeggiata – mi ordina lei.

Allora io comincio a piagnucolare. Le racconto il mio stato d'animo e come ho trascorso le ultime settimane. Lei mi ascolta come fa di solito, poi allungandomi un fazzoletto mi dice che ho bisogno comunque di prendere aria.

– Facciamo una passeggiata in riva al mare e poi torniamo a casa – continua Giulia dolcemente.

Io obbedisco. Non posso ribattere alla sua fermezza. Vado in bagno e do una rinfrescata al mio viso arrossato. Indosso un paio di jeans corti e infilo una canottiera. Non ho voglia di truccarmi, così, dopo pochi istanti sono pronta per uscire con la mia dolce Giulia. Ci prendiamo per mano e andiamo in riva al mare a fare una passeggiata. La giornata è meravigliosa e il mare è calmo e limpido. I turisti incominciano a riempire il nostro litorale e i bambini giocano in riva felici e spensierati.

– Dovresti smettere di crogiolarti per quello che è successo. Saremmo dovute partire comunque, non è cambiato nulla, alla fine – prova a convincermi Giulia.

– Giu, dici sul serio? Certo che saremmo partite comunque, ma la differenza è che sono partita con la consapevolezza di aver vissuto con uno sconosciuto. Ho dato il mio amore ad una persona che non conosco e della quale, purtroppo, mi sono innamorata – Le dico io.

Giulia è dolce e tranquilla ora che siamo in spiaggia. – È

sempre Fernando. Sicuramente ha delle spiegazioni da darti, devi dargli la possibilità di farlo. È inutile che ti chiudi in camera e non vuoi parlare con nessuno. Non scioglierai mai i tuoi dubbi se non ti confronterai con lui al più presto.

Forse Giulia ha ragione ma io non ho ancora intenzione di confrontarmi con lui.

– Giulia, io senza te non saprei come vivere. Sei per me la persona più importante che esista al mondo – le dico amorevolmente.

– Anche tu, Stella, sei importante per me, io per te ci sarò sempre, non dimenticarlo mai – risponde lei come fosse una madre con il proprio figlio.

In questo momento sono spaesata e ho bisogno di una guida che mi conduca di nuovo a galla, sto annegando e non vedo ancora la luce. Ci sediamo a terra ammirando l'orizzonte di fronte a noi.

– Ti ricordi quel weekend ad Ibiza, io te e i nostri amici? Ci siamo divertite e il mare ci ha riportato un po' a casa nostra, vero, Stella? – mi chiede lei cercando di risollevare il mio morale.

– Sì, mi ricordo bene quel fine settimana, siamo state davvero bene.

Sono seduta in riva al "mio mare"; a fianco ho la ragazza più meravigliosa che possa desiderare. Chiudo gli occhi, mi stendo sulla sabbia umida e ascolto il rumore delle onde che si infrangono davanti ai nostri piedi. Mi lascio per un istante cullare dalla brezza che lieve soffia davanti a noi e cerco di sentirne i profumi. Oggi l'acqua è azzurra e trasparente e il profumo che coccola le nostre narici sa di buono e fresco. Penso che sia il momento di ricominciare a vivere e riprendere in mano la mia vita, consapevole di avere ancora tante esperienze da affrontare e condividere. Decido quindi di chiedere a Giulia di organizzare la serata di sabato, voglio uscire e salutare gli amici.

Sono le dieci dell'ultimo sabato di giugno e io mi sto preparando per uscire insieme ai miei vecchi amici. Ho voglia di vederli e trascorrere una tranquilla serata in compagnia. Indosso un vestitino chiaro e corto che mi mette in risalto le gambe non ancora abbronzate. Mi trucco lievemente, come al solito, e infilo i miei sandali preferiti. Saluto mamma e papà ed esco a bordo del mio scooter. Da anni è il mio mezzo preferito, soprattutto quando fa caldo e l'aria tra i capelli è davvero piacevole. Attraverso la città a tutta velocità e raggiungo la mia compagnia in zona mare. Il sabato è la serata in cui andiamo in discoteca e non vedo l'ora di cominciare a ballare per scatenare la mia rabbia e distendere la mia tensione. Non appena arrivo dagli amici, loro mi accolgono con affetto e chiedono a me e a Giulia di raccontare loro l'esperienza in Spagna. Trascorriamo un po' di tempo raccontando le nostre avventure; non facciamo cenno alle relazioni sentimentali che entrambe abbiamo avuto, sia io che Giulia non abbiamo esattamente un bel ricordo. Dopo qualche decina di minuti arriva anche Matteo che come al solito viene verso di me rubandomi un bacio sulle guance. Rimane accanto a me, quasi con fare spavaldo e inizia a farmi i soliti complimenti.

– Che bella che sei, Stella, stasera. L'aria della Spagna ti ha fatto bene – farfuglia vicino al mio orecchio.

– Beh, sono come sempre, Matteo, né più né meno – rispondo molto freddamente io.

Lui si avvicina sempre di più e tenta di infilare la sua mano sotto la mia corta gonnella. Io mi discosto e sorridendo gli dico: – Smettila di fare lo scemo. Non ho alcuna intenzione di darti retta, quindi sparisci prima che mi arrabbi sul serio.

Sono calma e risoluta. Non ho voglia di giocare, soprattutto con un uomo e soprattutto con lui. Gli voglio ancor molto bene ma la nostra relazione è finita mesi fa, non mi interessa il suo pseudoamore.

Mi discosto alla svelta da questo ragazzino viziato e invito gli altri ad andare a prendere qualcosa da bere insieme, nel locale vicino al molo. Trascorriamo qualche ora sereni e spensierati specialmente quando varchiamo la porta della nostra discoteca preferita. La musica è alta e la gente riempie la pista da ballo. Io e Giulia, senza proferire parola, andiamo nel nostro angolino e cominciamo a ballare spensierate. La gente ci guarda mentre noi non abbiamo occhi per nessuno. Balliamo e ridiamo tra noi come fossimo le uniche in tutto il locale. È la serata più bella di tutto il mese e anche solo per qualche ora dimentico la brutta avventura madrilena. Verso le quattro del mattino decidiamo di tornare a casa e dopo tanto tempo guardo il cellulare. Fernando mi ha scritto diversi messaggi.

Ore 22.58: "Sole, ho bisogno di parlarti. Non riesco a rintracciarti e sto male da morire. Tu non immagini nemmeno quanto!"

Ore 23.05: "Ho deciso di partire e venire da te, visto che non mi rispondi al telefono lo farò di persona."

Ore 23.06: "Io ti amo!"

Mi bastano i primi messaggi per piombare nuovamente nella tristezza di alcune ore fa. Ero serena e tranquilla e dopo aver letto le sue parole sono di nuovo punto e a capo. Vuole venire da me? Ma quando? Io non lo voglio vedere, non lo voglio vedere mai più.

Ore 04.11: "Io non ti voglio vedere. Evita di venire da me."

Invio il messaggio e mi getto a letto. Cerco di dormire. Sono talmente stanca dalla bellissima serata che non faccio fatica a prendere sonno.

Navigo in mezzo al mare con una piccola imbarcazione a vela. Sono sola: tutt'intorno a me, solo mare e acque scure. Sono dispersa, non so dove stia andando. A guidarmi ci sono solo il vento e il sole in alto sopra la mia testa. Non ho una meta precisa e la mia barca si tracina veloce a pelo dell'acqua. Io non sono preoccupata e mi lascio guidare dal vento conducendo la mia barca con molta facilità. Sorrido e sono felice e spensierata.

D'improvviso un enorme crostaceo esce dalle profonde acque e rovescia la mia imbarcazione. Io mi ritrovo nell'acqua gelida e ho paura. La mia barchetta è capovolta ed io non riesco a girarla. Il mio cuore inizia a battere velocemente; ho freddo e non c'è nessuno che possa aiutarmi. Urlo impaurita rivolta all'orizzonte con la speranza che la mia voce venga trasportata dal vento, ma nessuno mi può sentire finché, dopo vari tentativi, sono esausta e svengo. Mi sembra di sprofondare in quel mare blu. Man mano che scendo vedo la luce del sole affievolirsi e io continuo a scendere velocemente sul fondo. È esattamente come la mia vita, sto precipitando rendendomi perfettamente conto di quello che sta accadendo attorno a me ma io sono inerme, non ho le forze per fare nulla e mi lascio trasportare dagli eventi. Tocco il fondo del mare. Sono al buio. Sotto il mio corpo sento solo sabbia gelida e dura. Chiudo gli occhi e smetto di respirare.

Mi sveglio di soprassalto. Sono tutta sudata. Impiego alcuni minuti a riprendere un respiro regolare. Le mie mani tremano e non riesco a calmarmi. Come farò a tornare la persona felice e spensierata ora che ho sofferto tanto? Non sarò più in grado di essere felice e non riuscirò mai più a fidarmi di un uomo. Guardo l'ora e sono solo le 5.30 del mattino. Non ho dormito nemmeno un'ora. Ho mal di testa ma non riesco a prendere sonno. Vorrei sparire da questo mondo che non sono in grado di gestire ed affrontare. Come ho fatto a non capire la persona che avevo al mio fianco?

Continuo a colpevolizzarmi e ad addossarmi colpe che forse non merito.

Fernando non è la persona che pensavo fosse. Non so chi

sia. Non lo riconosco e non l'ho mai conosciuto. Ho paura e sono sola. Non posso fidarmi di nessuno perché nessuno si merita la mia fiducia. Decido di dormire ancora qualche ora e poi fuggire dalla mia città e andare lontano da tutto e tutti. Non voglio avere la minima possibilità di incontrarlo. D'improvviso apro gli occhi e realizzo che sono già le undici di una bellissima domenica mattina. Mi alzo e vado in cucina con la speranza di trovare mia madre. La casa è vuota. Bevo un sorso d'acqua e torno in camera con la convinzione di volere preparare un piccolo bagaglio e partire per qualche giorno. Mentre preparo la mia piccola borsa, entra in casa mia madre che non appena mi vede esclama: – Stella, tesoro mio, cosa stai facendo?

– Mamma ho bisogna di andare via qualche giorno lontano da questa casa, credo che Fernando stia arrivando e io non ho alcuna intenzione di incontrarlo. Preferisco allontanarmi – le rispondo io.

– Ma dove vai? Non scappare dai problemi. Aspetta un attimo che ragioniamo insieme. Forse è meglio che voi vi chiariate altrimenti rimarranno per sempre nella tua testa tanti dubbi. – Mia madre cerca di fermarmi ma io non ho alcun dubbio, non mi interessano le sue spiegazioni. Sono risoluta o forse sono troppo presuntuosa ma oggi il mio volere è questo e i miei genitori lo devono rispettare, voglio essere io a decidere sulla mia vita, nel bene o nel male.

– Vuoi andare da zia Tina a Roma? Le do un colpo di telefono e le annuncio che stai arrivando, lei ne sarà entusiasta. Che ne dici? – ha trovato una soluzione al mio problema. Io accetto e abbastanza serena cerco un treno in partenza verso Roma. Sono fortunata, parte tra meno di un'ora. Alle tre sarò nella capitale, lontana dalla mia città e dai miei pensieri. Mi faccio accompagnare alla stazione da mia madre e serena le consegno il mio cellulare spento. Voglio stare alcuni giorni senza che nessuno mi disturbi. La tranquillizzo dicendo che la contatterò da casa di zia non appena sarò arrivata e lei, rassegnata, accetta e mi abbraccia forte, come non faceva da molto tempo. Sento il suo affetto che mi sostiene e per una figlia rappresenta davvero tanto.

CAPITOLO 15

Zia Tina è la sorella maggiore di mia madre. Ha quasi dieci anni più di lei e si è trasferita a Roma molti anni fa, quando la nostra città le stava stretta e aveva l'esigenza di scoprire cosa c'era al di là della quotidianità di un piccolo paese di provincia. Lei e mia madre sono sempre state in contatto e noi ci vediamo almeno due volte l'anno. Lei è sola e quando viene a casa nostra è come se fosse la mia seconda madre. Non appena arrivo in stazione a Roma la vedo in attesa sul binario con in mano un ventaglio e la sua nuova borsetta a tracolla. Le piacciono molto le borse e ogni anno si presenta a casa nostra fiera del suo nuovo acquisto. Quest'anno la borsa è verde acqua con alcune borchie luccicanti incastonate tutt'attorno. Indossa una camicetta chiara senza maniche e una lunga gonna verde scuro. Ai piedi calza un semplice sandalo in tinta con la nuova borsetta.

Le corro incontro e la abbraccio forte ringraziandola per la sua ospitalità forzata e inattesa.

– Stella, ma stai scherzando? Sono così felice che tu sia qui insieme a me. Ma dimmi: come mai sei qui a Roma?

– Beh, è una storia un po' lunga dalla quale sono fuggita. Vorrei non discuterne ora se possibile. Voglio solo farti compagnia per alcuni giorni e basta – le rispondo io.

– Certo, Stella, lo sai che tu sei sempre la benvenuta. Ci divertiremo insieme. Puoi stare tutto il tempo che ti serve. Intanto andiamo a casa mia e lasciamo il bagaglio, così se vuoi fare una passeggiata siamo più libere.

Dopo varie fermate di autobus e metropolitana arriviamo alla piccola casetta della zia.

La casa è modesta ma molto accogliente; ogni angolo è occupato da piccoli oggetti che lei ha collezionato nei suoi tanti viaggi in giro per il mondo. Mi accomodo in camera sua e appoggio il piccolo bagaglio sul pavimento accanto al letto. Sono molto stanca e quasi d'impulso mi getto sul letto. Mia zia sorride e si accomoda accanto a me. Cerco di trattenere le lacrime faticando molto a farlo. Ho il viso rigato quando mia zia si alza e mi allunga un fazzoletto.

– Cosa c'è, tesoro? Posso fare qualcosa per te? – chiede.

– Zia, il solo fatto di essere qui con te, ora, è già sufficiente. Scusami, davvero, ma non ne voglio parlare con nessuno – le rispondo io.

– Io vado in cucina a bere un tè freddo, quando te la senti io ti aspetto là, ok? – mi dice dolcemente.

– Perfetto, dammi solo qualche istante e ti raggiungerò senz'altro – la rassicuro.

Chiudo gli occhi ancora pieni di lacrime di dolore e provo a fare un respiro profondo. L'idea di essere scappata dall'arrivo di Fernando mi provoca sofferenza. Non posso stare in pace nemmeno a casa mia, penso arrabbiata tra me. Ora, però, sono lontana da lui e dal suo incontro. Ho fatto la scelta giusta, ancora non me la sento di vederlo.

Sono trascorse alcune ore da quando sono scappata da casa mia e devo dire che non avere il telefono con me mi disorienta ma allo stesso tempo mi rende soddisfatta. Essere senza cellulare mi rende libera; l'unica cosa che mi dispiace è non poter parlare con Giulia.

"A quest'ora sarà preoccupata. Avrà provato a chiamarmi cinquanta volte" penso tra me. Spero che abbia chiamato casa mia mentre c'era mia madre e che lei le abbia dato notizie di me.

"Stasera la chiamerò per rasserenarla."

Mi alzo cercando di asciugare i miei occhioni gonfi e raggiungo zia in cucina. Sorseggiamo un buon tè freddo al limone e chiacchieriamo dei mesi trascorsi in Spagna. Non faccio alcun cenno a Fernando ma le racconto del lavoro trovato e del bel paese che io e Giulia abbiamo visitato. Mia zia è stata diverse volte a Madrid e insieme ripercorriamo i luoghi visitati in comune. L'aria è calda e il cielo è sereno. Zia dice che sarebbe bello fare un giro sul lungo Tevere verso il tramonto così ci prepariamo e ci incamminiamo verso il centro della città. Il sole sta scendendo ma ancora l'aria è molto calda, quasi irrespirabile. Quando arriviamo lungo il percorso che costeggia il fiume, l'aria diventa più fresca e leggera e una lieve brezza accompagna il nostro cammino. Il traffico è davvero intenso ed io non sono abituata a tanto rumore. Alle volte dobbiamo sforzarci di alzare la voce per udirci l'un l'altra, ma sono comunque serena. Trascorriamo qualche ora ridendo e scherzando come buone amiche e non solo come zia e nipote. Io la adoro perché lei mi dà l'affetto di una madre ma parliamo come se fossimo amiche di vecchia data, con tutta la libertà di dialogo che c'è tra "due coetanee".

L'aver vissuto tanti anni in una città immensa come Roma l'ha epurata da tutti i tabù e i limiti di pensiero che purtroppo esistono nelle piccole realtà. Roma è una città aperta. Qui puoi incontrare persone da tutto il mondo e con infinite caratteristiche fisiche e psicologiche che io non ho mai visto. Alcune volte, infatti, osservo le persone che ci passano a fianco e guardo la faccia di mia zia. Lei mi osserva e sorridendo, mi dice che sono persone normali, si vestono solo in modo stravagante o si muovono in modo diverso ma sono pur sempre persone come me e lei.

Io rimango stupita mentre lei è abituata nel vedere piercing o tatuaggi in ogni luogo e di ogni tipo, capelli sparati al vento di un colore indefinito e vestiti che forse, io, ho visto solo sulle copertine di qualche CD musicale. Persone di ogni razza o sesso che camminano mano nella mano senza alcun problema.

Mi sento una troglodita a meravigliarmi di certi comportamenti ma in fondo penso sia normale, io sono vissuta in una realtà dove tutti conoscono tutti e ogni diversità viene criticata e allontanata. Chi lo dice che i diversi non siamo noi? Noi che vestiamo tutti uguali e che viviamo tutti allo stesso modo noioso. Penso che ogni persona debba avere la libertà di vestirsi ed esprimere il proprio essere come meglio crede. Le diversità vanno accettate e conosciute e invece, spesso, si esprimono giudizi senza nemmeno conoscere chi o casa si ha di fronte. Guardo ancora mia zia e sono davvero felice di essere qui insieme a lei in questa città da favola.

Mentre camminiamo, ci fermiamo a prendere un boccone da passeggio e tra un morso e l'altro continuiamo a chiacchierare. Ormai il sole è sceso sotto l'orizzonte e noi decidiamo di fare rientro a casa con la spensieratezza che questa passeggiata e chiacchierata ci ha donato.

Riesco ad addormentarmi molto presto, sono molto stanca e frastornata.

Quando sento il telefono di casa suonare e mia zia inizia a parlare facendo il mio nome, capisco che è già mattina. Intuisco ben presto che dall'altra parte della cornetta c'è mia madre. Mi alzo in fretta e vado verso la cucina; ho voglia di parlare con lei e dirle che sto bene. – Ciao mamma. Ieri sera siamo andate a fare una passeggiata lungo il Tevere. Non puoi immaginare che bello è il fiume al tramonto, mamma.

– M'immagino, tesoro. Come stai, tutto bene?

– Sì, ora sto bene, mi dici solo se hai sentito Giulia? Non le ho detto niente della mia fuga, non vorrei che si preoccupasse.

Mia madre, con un lungo monologo, mi racconta dell'arrivo di Giulia a casa nostra la sera precedente. Era certamente preoccupata perché aveva provato a chiamarmi tutto il giorno. Quando mia madre le ha detto che sono a Roma, lei ha fatto un sorriso immenso e si è rilassata. Non ha detto niente sull'arrivo o meno di Fernando e io, senza rimorsi alcuni, ho evitato di chiederle informazioni. Ora sono lontana diverse centinaia di chilometri da quel posto e non vorrei essere là nemmeno con il pensiero. Penso che mi tratterrò da zia ancora per tre o quattro giorni, per evitare il rischio di incrociarlo anche solo per strada. Saluto mia madre e decido di preparare un buon caffè con la piccola moca che zia ripone da sempre nella vetrina antica.

Io e il caffè abbiamo un rapporto quasi morboso, se non riesco a sorseggiare un buon caffè la mia giornata non decolla e incomincio a lamentare mal di testa. Così mi accomodo e sgranocchio qualche biscotto in attesa di bere una tazza calda di caffè. Dopo pochi istanti sento quel rumore inconfondibile ed il profumo di caffè giunge alle mie narici, mentre io inspiro profondamente.

Mia zia è seduta a tavola e sta spalmando qualche noce di marmellata su alcune fette biscottate.

Verso il caffè e mi siedo accanto a lei. La mia colazione preferita insieme ad una persona speciale; la guardo e sorrido di felicità. Mi alzo e le allungo un bacio affettuoso.

Le voglio bene e glielo voglio dimostrare.

– Ti sei svegliata alla grande oggi, Stella, hai fatto un buon riposo?

– Ho dormito benissimo e questa è la colazione che preferisco, semplice ma ricca; poi ci sei tu, la mia zia preferita! – le sorrido amorevolmente.

Decidiamo di andare al mercato a fare un po' di spesa per il pranzo e la cena. Così mi vesto molto leggera e sobria.

Guardo fuori dalla finestra del piccolo bagnetto e vedo una giornata meravigliosa. Il sole primeggia sul cielo terso e l'azzurro avvolge i rossi tetti in ogni dove. L'aria è già calda e i rumori della città sono molto intensi.

Dopo circa venti minuti a piedi, arriviamo in una grande piazza rionale piena di bancarelle di frutta e verdura. I commercianti urlano da ogni parte per attirare l'attenzione dei clienti e le persone si accalcano davanti ai banchi colmi di cibo. L'aria è molto calda e sento profumi diversi giungere da varie parti. A sinistra ci sono camion che friggono il pesce; il profumo del fritto a quest'ora del mattino è quasi nauseante, ma intuisco che sia molto buono dall'affluenza delle persone tutte intorno. A destra, invece, ci sono infinite bancarelle di frutta e verdura che presentano le proprie merci in modo molto diverso tra loro: chi le appoggia ordinatamente e chi invece ha creato vere e proprie piramidi di frutta. Sono confusa dalla calca delle persone che ho di fronte e ancor più dalla frenesia della gente: sembrano tutti soldati votati all'acquisto rapido piuttosto che persone che vogliono semplicemente fare una tranquilla passeggiata per acquistare serenamente del cibo. Mi sento disorientata e mi rivolgo a mia zia: – Come mai hanno così tanta fretta anche il sabato mattina?

Io nel weekend voglio fare le mie faccende e commissioni con tranquillità e pace, mentre a Roma le persone hanno sempre fretta. Sono abituate a correre durante tutta la settimana e nel tempo libero hanno impostato il loro stile di vita in questo modo e per noi che arriviamo dalla provincia è sconvolgente e dopo pochi minuti mi sento come risucchiata in un mondo parallelo: grida e urla mi rimbombano in testa da ogni dove, gente che mi urta sia da destra che da sinistra. Fortunatamente zia Tina mi prende per mano e mi trascina nella sua bancarella di fiducia dove acquistiamo alcune borse di verdure fresche e frutta di stagione.

In ultimo, andiamo dal formaggiaio e mia zia acquista vari tipi di formaggi, tra cui trecce di mozzarelle freschissime. Nemmeno trenta minuti e finalmente usciamo da quell'inferno di voci e rumori di vario genere, odori di ascelle puzzolenti, fritto misto e formaggi. Sono sollevata nell'aver finalmente concluso la spesa odierna e di essere uscita dal primo girone dell'inferno.

– Zia, ma te sei pazza! Non dirmi che tu vieni ogni settimana in questo posto!

– Ma certo che sì, è il mercato più vicino a casa mia e mi trovo molto bene. Riesco a trovare quello che mi serve ed è tutto fresco – mi risponde prontamente.

In queste occasioni mi rendo conto di essere molto fortunata a vivere in una piccola città e sono convinta che la confusione e la vita frenetica non appartengano affatto al mio stile di vita né presente né futuro. Il mio pensiero per un attimo torna al mio recente lavoro a Barcellona e un certo stato di malinconia e inquietudine comincia a pervadere il mio pensiero. Quanto vorrei tornare ad un mese fa e rivivere gli ultimi momenti insieme a lui. Vorrei avere ancora il calore delle sue mani attorno al mio corpo.

Vorrei udire la melodia delle sue dolci parole e rimanere incantata dai suoi occhi verdi ancora una volta, cancellando quell'ultima e indimenticabile immagine che ho di lui all'aeroporto. Chissà se ora sarà di fronte a casa mia e magari starà parlando con mia madre o con Giulia. La mia testa si sta tempestando di domande e zia Tina scorge immediatamente questo mio smarrimento. Dolcemente mi avvicina a lei e mi stringe come una madre col suo bimbo. Mentre andiamo a casa, le racconto la mia avventura a Barcellona e le svelo il mio amore per Fernando. Le parlo di ogni mio segreto pensiero e le mostro il mio amore aprendo il mio cuore. Lei ascolta e non commenta mai i miei pensieri; poi, concluso il mio racconto, si preoccupa solo di stringermi ancor più forte di prima e di asciugarmi le lacrime che continuano a scendere dal mio viso.

– Perché tutti mi vogliono un gran bene ma io non riesco ad essere felice? Ho un'amica eccezionale e una famiglia meravigliosa, eppure non sono felice e sono costretta a scappare da loro. Perché? Come mai non riesco a trovare un uomo sincero e amorevole come lo sono io? Come mai la porta della felicità si è richiusa ed io sono convinta di aver perso la chiave?

Zia Tina sorride e mi racconta con tanta tristezza la storia dell'amore della sua vita.

Era una adolescente di circa sedici, diciassette anni quando incontrò per caso, ad una festa di paese, l'uomo della sua vita. Era un giovane, poco più grande di lei, molto elegante e di buona famiglia. Lei era una ragazza di campagna; così il loro amore cresceva nel segreto e nelle bugie. Dovevano vedersi di nascosto altrimenti i reciproci genitori avrebbero fatto qualsiasi cosa per separarli. Lei stava chiacchierando con le sue amiche quando d'improvviso le si avvicinò Claudio che le chiese, porgendo la sua mano aperta verso di lei, un ballo. Ballarono molto vicini per tutta la sera e da quel momento non vi fu giorno in cui non si videro e parlarono felicemente come due innamorati dovrebbero sempre fare. Erano davvero felici insieme, finché una sera i genitori di Claudio tesero una imboscata al figlio e lo trovarono tra le braccia di Tina. Da quella sera zia Tina fu perseguitata dalle dicerie di tutto il paese. Non v'era giorno in cui, da qualsiasi angolo del paese, persone anche a lei sconosciute, la schernissero e ridessero di lei.

Claudio fu spedito alle armi e lei, sola e spaventata da tutti, decise di lasciare quel paese che tanto l'aveva ferita e umiliata per trovare fortuna lontano. È da quando aveva diciotto anni che vive sola ed è per questo motivo che si è trasferita a Roma. Durante il suo esilio non ha mai ricevuto notizie di Claudio, il suo unico e vero amore. Ha viaggiato tanto ma non ha mai trovato un uomo che potesse soddisfare le sue esigenze come invece aveva fatto da subito Claudio. Nel sentire e vedere gli occhi di zia Tina mi rendo conto di quanto abbia sofferto nella sua vita e di quanto i miei problemi siano futili rispetto a ai suoi. Non riesco nemmeno a capacitarmi di come i miei nonni, i suoi genitori, abbiano potuto permetterle di soffrire tanto a tal punto da farla andare via.

– Che schifo, zia. In che schifo di società siamo costretti a vivere? Ora capisco perché hai scelto una città grande e aperta come Roma. Mi dispiace moltissimo del tuo dolore, lo capisco, o meglio posso cercare di capire e ti ammiro tanto perché sei riuscita ad andare avanti sola, senza l'appoggio dei tuoi genitori.

– Stella, col tempo ho imparato anche a capire le loro motivazioni, io non ce l'ho con loro, non è colpa loro. Sono nati in un'epoca in cui era normale decidere per i propri figli. Oggi ho raggiunto il mio stato di serenità anche grazie a tua madre che non mi ha mai lasciata sola. È per questo che noi siamo molto legate, perché anche lei pensava che il nostro futuro doveva essere libero e non obbligato dalle loro scelte. A lei, infatti, in quanto sorella minore di dieci anni, hanno permesso di scegliere liberamente l'uomo della sua vita e grazie al cielo ha conosciuto tuo padre che le vuole molto bene. Io sto bene anche se ho passato momenti di sconforto molto grossi. Non ti nascondo di essere stata aiutata da sedute di psicologia che mi hanno permesso di acquisire maggior conoscenza di me e quindi del mondo che mi circonda. Anche io come te ho avuto momenti in cui avevo mille domande e nessuno mi poteva dare una risposta. Poi d'improvviso ho ricevuto tutte le risposte di cui avevo bisogno e sono andata avanti, ho vissuto la mia vita tranquilla e ora sono qua, insieme ad una mia nipote e sono felice di poterla aiutare in un momento difficile della sua vita.

Io ammiro mia zia. Ora capisco tante cose di lei e delle sue decisioni, che fino a questo momento mi erano sconosciute. Mi sembra di rivivere dopo cinquant'anni lo stesso suo percorso. La mia città mi sembra troppo piccola per i miei grandi sogni e la mia passione mi sembra troppo grande per poter essere smorzata così d'improvviso da un avvenimento unico. Nella mia mente si materializza il volto di Fernando che mi guarda incantato. Perché non lo ascolto almeno un secondo? Perché non provo a dargli una possibilità? Mi sembra di essere come i miei nonni, quando cinquant'anni fa hanno detto no ad un amore senza ascoltare né zia Tina, né il proprio cuore. In fondo, se avessero ascoltato il loro cuore e zia, avrebbero capito le intenzioni di una ragazza innamorata. Lei voleva solo essere felice.

– Hai mai cercato Claudio? – le chiedo io ingenuamente.

– Certo che l'ho cercato, sono andata via dalla mia città proprio per poterlo cercare senza avere il timore di tradire la fiducia dei miei genitori, ma dopo qualche mese che sono arrivata a Roma ha subito un grave incidente d'auto e purtroppo è deceduto sul colpo. A comunicarmelo fu tua madre con una lettera che ancora conservo. Fu un colpo talmente grosso per me che decisi che non avrei mai più potuto permettermi di innamorarmi ancora. Non volevo provare ancora quel dolore e sono stata molto egoista in questo – risponde con un forte magone.

Sospiro e la stringo forte, anche lei ora ha bisogno del mio sostegno. Sono molto triste ma allo stesso tempo ho capito cosa devo fare. Voglio tornare a casa oggi pomeriggio stesso. Voglio parlare con Fernando e voglio finalmente capire cosa vuole spiegarmi.

- Grazie a te ho capito che voglio parlare con Fernando. Devo dagli la possibilità di spiegarsi e invece, finora non ho fatto altro che evitarlo, ho fatto come i nonni, non ho ascoltato l'amore ma solo il mio orgoglio. Quanto sono stupida, zia.

Mia zia sorride e mentre io preparo i bagagli, lei controlla che ci sia un treno per casa mia. Dopo circa quaranta minuti siamo pronte sul binario in attesa del treno che mi possa riportare a casa, con la speranza che Fernando sia ancora in Italia e voglia ancora parlarmi.

Abbraccio forte zia Tina e la saluto con un affetto che fino ad ora non le avevo mai mostrato. Salgo sul treno con il cuore ancora appesantito dai suoi racconti ma più sollevata perché ora ho ben chiaro ciò che dovrò fare io. Osservo il paesaggio che scorre dal grande finestrino del treno ad alta velocità. Il verde delle campagne e l'azzurro del cielo si sfumano con una perfetta sintonia. L'Italia è senza alcun dubbio il paese più bello al mondo per me che fino ad ora ha visto pochi luoghi al di fuori di questo. Sogno ad occhi aperti mentre osservo il paesaggio. Sogno di poter essere ancora felice insieme a Fernando, nonostante mi abbia mentito per tanti mesi, io lo amo e l'amore cancella ogni macchia o errore. Siamo umani e sbagliare fa parte della nostra natura, dobbiamo cercare la via del perdono perché è l'unico modo per rimanere sereni e soddisfatti di questa occasione che si chiama vita. Questa è proprio la nostra occasione, non ne avremo altre, dovremo sfruttarla al massimo delle nostre possibilità e sperare che la fortuna e la salute ci assistano il più a lungo possibile. Sorrido e sono felice; era da qualche settimana che non mi sentivo così. Strano pensare di esserlo in una occasione come la mia, sola dentro ad un treno pieno di sconosciuti ma è proprio così che ci si rende conto di stare bene, nelle circostanze più disparate e strane.

CAPITOLO 16

Sono quasi le otto di sera quando finalmente giungo alla stazione del mio paese. Ad attendermi c'è mia madre che poco prima di partire io e zia avevamo avvisato. La abbraccio e le sorrido come per mostrarle il mio buon umore. Lei ricambia con un caloroso abbraccio; è molto contenta di rivedermi. Ci precipitiamo verso casa, dove finalmente riprendo in mano il mio cellulare rimasto esattamente nel cassetto di camera mia spento per alcuni giorni. Lo accendo e faccio il numero di telefono di Giulia nella speranza che lei sappia dove posso trovare Fernando in questo momento.

– Pronto, Stella? – mi risponde immediatamente.

– Tesoro, sono io, sono tornata. Ho bisogno di sapere dove si trova Fernando, lo sai? L'hai visto? – io comincio a tempestarla di domande quando lei d'improvviso mi blocca e mi dice che si trova nell'albergo vicino alla spiaggia che solitamente frequentiamo io e i nostri amici durante il periodo estivo.

– Devo andare da lui subito, sai se è lì ora? – le chiedo io.

– Credo che sia a cena in questo momento, ma puoi sempre chiamare il suo numero e chiederglielo.

Io non voglio chiamarlo al cellulare ma voglio, invece, correre da lui e guardarlo negli occhi mentre finalmente mi racconta la sua verità. Prendo il mio scooter e mi precipito all'albergo dove dovrebbe alloggiare, entro e chiedo di lui alla reception. La signora all'ingresso è molto gentile e mi invita ad accomodarmi mentre tenta di rintracciare Fernando. Attendo circa dieci minuti quando dal fondo del corridoio lo scorgo.

Indossa una maglietta azzurra e un paio di pantaloni al ginocchio di colore blu. I capelli sono perfettamente pettinati e mentre si avvicina a me, sorride di gioia nel vedermi. Il suo viso è rilassato e i suoi occhi non smettono di fissarmi. Io sono imbalsamata dalla sua bellezza sconvolgente, non riesco a fare a meno di tenere i miei occhi dentro ai suoi. Quando arriva vicino a me, si siede nella poltrona accanto alla mia e iniziamo una piacevole conversazione.

– Ciao Fernando, come stai?

– Ciao Sole, finalmente sei arrivata. Avevo paura di non vederti più. Cosa ne dici se facciamo una passeggiata così parliamo tranquillamente?

Io sono tranquilla ora che lui è accanto a me e sono pronta ad ascoltare la sua storia. Lo prendo per mano e insieme usciamo dalla hall dell'albergo.

Così Fernando comincia a raccontare la storia della sua vita ed io ascolto attenta le sue parole. Ha conosciuto sua moglie oltre quindici anni prima durante i suoi studi. Lei faceva la commessa in un negozio e lui studiava all'università di Madrid. Hanno cominciato a frequentarsi da subito intuendo di avere molte affinità. Hanno avuto una relazione intensa e molto appagante ma ultimamente le cose non funzionavano più come un tempo. Dopo la nascita del loro figlio, lei si è dedicata completamente al pargolo e il loro rapporto, da allora, non è più stato lo stesso. È da circa due anni che non esiste più un vero e proprio rapporto tra loro, l'unico filo che li tiene ancora legati è il bambino, del quale lui è innamorato e ha tenuto me all'oscuro solo per protezione. Fernando si dimostra molto confuso e disorientato. Mi racconta di aver passato le ultime due settimane a pensare a ciò che aveva combinato e a come avrebbe potuto rimediare. Mi ripete tante volte che non ha mai voluto nascondere la sua situazione con volontà ma solo per paura che io potessi allontanarmi da lui. È stata la paura di perdermi a frenarlo; ha provato tante volte a parlarmene ma, secondo ciò che mi dice, non è mai riuscito a farlo. Nel momento in cui mi guardava negli occhi e vedeva la mia felicità, aveva il timore di spezzarla e deludermi.

– Io non posso credere che tu non sia riuscito a parlarmi di una questione tanto grande quanto complessa. Io, Fernando, sono scappata da te perché credo di essere troppo fragile per poter sopportare la tua famiglia.

– Sole, per favore, io voglio stare con te, non esiste persona al mondo che mi abbia reso tanto felice quanto te. Quando io e te stiamo insieme il resto del mondo non conta, tu mi completi e io ho bisogno di te.

Deglutisco e distolgo gli occhi dall'uomo che in realtà amo. Vorrei gettarmi tra le sue braccia e prima di ora l'intenzione era quella, ma ora che è qui davanti a me, sento un freno attanagliare le mie gambe. Lui nota immediatamente la mia freddezza e quasi con le lacrime al viso tenta di avvicinarsi e di prendermi le mani:

– Sole per favore, mi devi credere ora, ti chiedo perdono se non ti ho detto subito la verità ma per me sei stata come un fulmine a ciel sereno. Non ho nemmeno avuto il tempo di elaborare cosa mi stesse accadendo e chi avevo di fronte. Sei arrivata nella mia vita come un angelo e l'ultima cosa che avrei voluto era vederti lontana da me. Ti chiedo scusa se non ho avuto abbastanza tempo da dedicarti e che avresti sicuramente meritato. Io, Sole, sono quello che hai conosciuto, sono l'uomo che ti ama e che oggi è venuto qui in Italia per tentare di riprendere l'amore della sua vita. Spero che tu capisca le mie difficoltà ed il mio amore. Non lasciarmi così, ho bisogno che tu mi stia vicino.

Fernando continua ad implorarmi ma io mi sono discostata da lui e penso al dolore che quest'uomo mi ha provocato e che probabilmente ha provocato a sua moglie e a suo figlio. Ora è qui davanti a me ma, per me, è chiaro che io non voglio più che lui stia al mio fianco.

– Fernando, io ti ringrazio per essere venuto qui a dirmi la verità che per tanti mesi mi hai nascosto, ma oggi io non sono pronta ad accettarti e perdonarti. Oggi ascolto le tue parole e proverò a riflettere su tutto quello che ci è successo.

– Ma Sole, io ti AMO, lo capisci questo? Per te sono disposto a perdere la mia famiglia e stare con te per sempre.

– Fernando, io capisco benissimo le tue intenzioni ma in questo momento sono io a non volere più te e la nostra relazione. Forse, finalmente, ho capito che voglio stare con me stessa e non ho bisogno di te e al momento di nessun altro uomo. Se davvero mi ami, cerca di rispettare ciò che sento e che voglio io.

Oggi sono inspiegabilmente ferma e risoluta; il viaggio a Roma ed il breve soggiorno insieme a zia mi hanno fatto capire che il mondo non si ferma dietro al nostro confine. Il vero mondo non è fuori dalla porta di casa nostra, ma è oltre l'orizzonte percettibile dall'occhio umano. La porta della felicità potrebbe essere ben lontana da dove credevo che fosse; non è l'amore di un uomo di cui ho bisogno per essere felice in questo momento della mia vita ma è capire me stessa e prendermi cura della mia anima.

Lo guardo e con molta determinazione e calma gli mostro il mio stato d'animo: – Fernando, sono molto stanca e penso che per questa sera possiamo lasciarci qui. Vorrei tornare a casa e riposare, ho fatto un lungo viaggio e ho bisogno di dormire.

– Sole, puoi dormire con me, che ne dici? Ho una bellissima stanza vista mare e sogno di dormire accanto a te da un mese ormai. Prometto che ti lascerò riposare, ma io ho bisogno di sentire che mi sei vicino.

– Fernando, non insistere, ci vediamo domani. Ti auguro una buonanotte. – Faccio per voltarmi e andare via quando lui mi afferra per un braccio e mi riporta vicino a sé. Sento le sue braccia che mi avvolgono il busto e mi stringono quasi a farmi rimanere senza fiato. Io chiudo gli occhi e assaporo il profumo della sua pelle e dei suoi vestiti. Per un momento mi lascio trasportare dall'emozione e lo abbraccio affettuosamente. Sento il suo cuore che sussurra al petto un magico suono accanto al mio, dapprima molto veloce e poi man mano che ci stringiamo rallenta. Il nostro abbraccio sembra durare un'infinità e per un momento vorrei non aprire gli occhi e neppur le braccia. Mi sussurra all'orecchio soavi parole, ma io non mi faccio incantare e mi allontano dalla sua presa.

– Lasciami andare, Fernando. Non mi sentirei a mio agio a dormire con te. Ci vediamo domani davanti al tuo albergo verso le 9.30 se per te va bene.

– D'accordo – risponde lui con uno sbuffo.

Mentre vado verso casa, mi sento frastornata. Ora la mia fermezza sta svanendo e la voglia di piangere prende il sopravvento. Giro l'angolo di casa ed entro in garage. Non appena spengo il motorino, cedo alle lacrime e mi accascio sul parabrezza. Continuo a singhiozzare per diversi minuti, quando mi rendo conto di essere sola, ma al sicuro.

Trascorro la notte a girarmi e rigirarmi nel letto, non trovo la posizione adeguata, anche se il mio letto è molto accogliente e sono consapevole di essere al sicuro in camera mia. Penso a Fernando, ai suoi occhi, alle sue mani morbide e alle parole che mi ha detto. Io credo a ciò che mi ha detto oggi, ma ora sono io a non voler accettare un uomo tanto dolce quanto complesso.

Finalmente ho capito che le persone possono stare bene anche senza un compagno o una compagna.

Mi rendo conto di aver dedicato tutta la mia vita nel provare a piacere agli altri e non ho ancora provato a piacere a me stessa.

Di cosa ho bisogno io?

Cosa mi servirebbe per essere felice ora?

Dove devo andare domani? Cosa devo fare oggi?

Mi addormento mentre le domande continuano a scivolarmi davanti agli occhi.

Mi trovo all'esterno di una grande fabbrica. Attorno a me vedo il buio e sento il rumore del vento che muove rami e foglie di grossi alberi. Sono circondata da fitti boschi. La luna illumina debolmente una porta antincendio. Mi volto per raggiungere la porta ma sento avvicinarsi qualcosa. Un rumore insistente di denti che sbattono tra loro si avvicina sempre più. Cerco di aprire la porta ma l'animale mi prende le caviglie e io mi volto spaventata.

Comincio ad urlare ma nessuno sembra sentire la mia voce impaurita e tremante. Comincio a scalciare come un mulo ma il grosso ratto rimane attaccato alla mia caviglia. Cerco di toglierlo con dei pugni ma lui, mi afferra la mano e infila i suoi denti aguzzi nella carne del mio palmo sinistro.

Incomincio a sbattere forte le mie mani contro il portone ancora chiuso. Mi sento svenire dal dolore e vedo il sangue che continua a scendere copioso.

Urlo e colpisco il cranio del grosso animale talmente forte che finalmente cade a terra sconfitto. Mi prendo la mano insanguinata e provo a riaprire la porta quando senza nessuna fatica riesco ad aprirla. Entro e richiudo il portone dietro di me.

Come mai ora si è aperta e prima sembrava sotto chiave?

Mi accascio al suolo e finalmente mi sveglio.

Sono completamente bagnata di sudore. Il cuore batte a più non posso e tremo ancora dalla paura. D'istinto mi prendo la mano sinistra e la avvolgo al mio petto. Sono salva, era solo un brutto sogno.

Guardo l'ora, sono solo le sei del mattino e io sono già sveglia. Tento allora di riprendere sonno invano. Il brutto incubo mi ha completamente svegliata. Penso al significato di ciò che ho sognato, cercando in rete una possibile spiegazione.

Non faccio fatica a trovare un risultato significativo alla mia ricerca, sembra che sognare topi sia molto ricorrente. Sognare un roditore grande che morde significa, infatti, avere una grande paura interiore. Mostra la mia vulnerabilità e le mie paure in atto; pensieri angosciosi che emergono dal profondo e corrodono la mia anima.

"Già, ho paura" penso molto tristemente.

Ho paura di prendere la scelta sbagliata nei confronti di Fernando ma in generale nei confronti della mia vita. Allontanando Fernando, infatti, allontano anche un lavoro sicuro che mi potrebbe dare molte soddisfazioni e tanta esperienza.

Continuo la ricerca di una lettura del mio sogno e trovo che se il ratto viene ucciso significa però che riuscirò a sconfiggere le mie paure e a reagire ai pensieri negativi che mi stanno corrodendo.

Tiro un sospiro di sollievo.

Non devo avere paura. Qualsiasi cosa io scelga di fare, sarà comunque un successo perché l'ho scelto io. Sarò comunque fiera perché nessuno me lo ha imposto ma ho scelto spontaneamente e con il cuore. Io amo Fernando, ne sono sicura, ma per me lui avrà sempre quella macchia stampata sul petto ed io non sarò mai più spontanea con lui. Lui mi ha escluso dalla sua vita quotidiana e io sono stata solo un'amante ignara, una di quelle relazioni clandestine che mai avrei voluto affrontare nella mia vita. Io sono stata l'artefice della distruzione di una famiglia... non potrei vivere serena con questi presupposti. Io mi sento una ragazzina sprovveduta in questo mondo di adulti. Vorrei vivere un amore vero e non voglio essere la sostituta dell'amore di un'altra famiglia.

Mi sento una sostituta in questa relazione e tutto ciò non lo posso accettare. "Mannaggia a me e quella volta che ho accettato la sua birra!" penso, finendo per colpevolizzare me stessa. Penso a quante avventure abbiamo trascorso insieme e quante altre potrebbero ancora succedere. Apro gli occhi e mi rendo conto di esistere, di essere una bella persona e di poter fare a meno di lui. Penso che avrò altre occasioni nella vita, magari meno interessanti ma certamente uniche come è stato il nostro amore. Nonostante la notte non sia stata tranquilla, sono ancora convinta della mia scelta. Non è stata colpa mia se lui ha un'altra vita. Anche io ne voglio una, ma che sia tutta mia. Non voglio appropriarmi della vita di qualcun altro. Sono giovane e ho bisogno di conoscere il mondo ora, più che mai, dopo aver visitato Roma. Guardo il soffitto in attesa dell'ora prestabilita per incontrarlo. Verso le nove mi alzo e mi preparo. Mi vesto con un semplice vestito e un paio di infradito. Non mi trucco, oggi voglio rimanere naturale anche perché probabilmente finirò per piangere ed il trucco si scioglierebbe macchiando le mie pallide guance. Mi fisso allo specchio per l'ultima volta prima di uscire di casa e vedo una ragazza meravigliosa, un viso giovane e allegro. Sono felice di avere questa cera proprio oggi che darò il mio addio a lui, il primo vero amore, fino a questo momento della mia vita. Mi guardo allo specchio e mi compiaccio di quello che vedo.

"Ciao Stella, stai per fare la cosa giusta, brava."

Esco di casa e noto che è deserta. Forse i miei genitori sono usciti presto ed io non me ne sono accorta. Decido di prendere la bicicletta, ho voglia di fare un po' di moto questa mattina. Il cielo è azzurro e limpido e l'aria è fresca e profumata. L'estate è cominciata da poco tempo e il caldo afoso ancora stenta ad arrivare. Questo è un bene sia per la temperatura dell'aria che per l'acqua del mare. Finché la temperatura notturna scende come ora l'acqua è fresca e cristallina ed è un vero piacere fare il bagno. Passeggio con la mia bicicletta osservando il mondo attorno a me. Assaporo l'aria fresca che penetra dolcemente nella mia bocca e gioiosamente osservo il paesaggio. La tranquillità e la pace che vedo attorno, le riconosco anche dentro di me. Sono stranamente felice e quieta, appagata, nonostante un amore che sta per separarsi per sempre dalla mia vita. Non appena parcheggio la mia bicicletta davanti all'albergo dove alloggia Fernando, lo trovo accanto a me. Mi osserva e mi allunga un tenero bacio sulla guancia.

– Ciao – gli dico impacciata.

– Ciao Sole, sei splendente.

Sorrido e ringrazio. Lo invito a fare colazione direttamente in spiaggia, in uno dei tanti locali sul litorale. Troviamo un angolo abbastanza appartato, ci sediamo e gustiamo una dolce brioche e un cappuccino. Fernando non riesce a distogliere lo sguardo dal mio viso e dai miei capelli e io mi sento quasi in imbarazzo mentre tento di instaurare una conversazione con lui. Non so da dove cominciare e l'argomento è molto delicato. Prendo un respiro profondo e comincio a raccontargli il sogno che ho fatto la notte precedente. Lui, come suo solito, rimane in silenzioso ascolto, facendo crescere in me tensione e angoscia. La sua mano si avvicina alla mia e con infinita delicatezza la afferra e la stringe. Io continuo a parlare, ma il calore della sua pelle e la morbidezza delle sue mani mi fanno sospirare e chiudere per qualche istante gli occhi come per far riaffiorare alla memoria tanti bei momenti, simili a questo.

– Cosa c'è, Sole, tutto bene?

– Sì, Fernando, tutto bene. È la tua mano...

Le parole si fermano d'improvviso nella mia gola. Le sue carezze sono piacevoli e mi fanno sentire bene. Io le prendo e godo del momento, evitando di rompere questo incantesimo che si è formato tra noi.

Lui si avvicina e portando la sua mano dietro la mia nuca, mi bacia delicatamente sulle labbra umide. Io non mi tiro indietro, accolgo il suo bacio e respiro il suo profumo inconfondibile. Tengo gli occhi serrati e scambio con lui un lungo e delicato bacio d'amore.

Non appena riapriamo gli occhi, sorridiamo, entrambi felici, e rimaniamo in silenzio accarezzandoci entrambi le mani che rimangono intrecciate. Lui mi prende le gambe e cerca di allungarle e posarle sopra le sue.

La mia pelle è liscia e scoperta e lui comincia ad accarezzarla come sempre, facendo avvampare in me un certo desiderio nei suoi confronti.

Io sono molto imbarazzata e non ho alcuna intenzione di cedere alle sue avance. Cerco di discostarmi nuovamente anche se mi sento come in un sogno e ho paura ad interromperlo. Vorrei godere di questo splendido momento, rimanere in silenzio e chiudere gli occhi. Sento le sue morbide mani che mi massaggiano la coscia e teneramente scendono verso il piede scoperto. Il suo gesto è delicato mentre il suo calore è potente e penetra fino nel profondo. Sto correndo in un prato d'erba ed esili margherite mentre l'aria fresca accarezza la mia chioma al vento. Corro e sorrido felice finché il fiato diventa corto e faccio fatica a respirare. Apro gli occhi e torno alla realtà. Il mio è un risveglio bellissimo. Ho di fronte a me la persona che mi fa battere forte il cuore e che mi sta accarezzando come nessuno ha mai fatto fino ad ora.

– Fernando, lo sai che queste cose mi piacciono molto però io sono venuta qui per parlarti e non riesco a farlo se tu continui a distrarmi.

Sono fredda e risoluta come non mai. Sento di avere una forza dentro che niente e nessuno oggi può bloccare; nemmeno le carezze e le parole dolci di quest'uomo. Nemmeno un carro armato oggi potrebbe fermare la mia volontà che sembra di ferro.

– Mi dispiace, ma io non voglio continuare la nostra relazione, Fernando. Voglio iniziare una nuova vita fatta di amore e sincerità. Voglio ritrovare prima di tutto me stessa; ho capito di aver perso la mia anima e in questo momento il mio unico desiderio è ritrovarla ed essere serena. Ho capito di voler rimanere a casa mia, ho bisogno dell'affetto dei miei genitori e dei miei amici più cari. Voglio vivere nella mia città, camminare scalza in riva al mare e respirare il profumo di salsedine.

Osservo il volto di Fernando che si fa sempre più cupo. Mi sento in colpa e d'istinto lo abbraccio e lo stringo a me. Mi sento come una madre che accoglie il proprio figlio ferito, il mio non è più un sentimento di amore, desiderio e passione ma si è trasformato in compassione e puro affetto fraterno.

– Stella, io non posso costringerti a stare insieme a me ma io ti aspetterò finché ne avrò forza. Io ho trascorso un periodo felice insieme a te e mi hai saputo mostrare la spensieratezza della tua età che con il tempo, il lavoro e la famiglia avevo dimenticato. Vorrei tenerti stretta a me ogni giorno della mia vita ma capisco anche la tua posizione e per questo ti lascerò andare. Ricordati solamente che io ti porterò nel mio cuore per sempre e se avrai voglia di riprovare, io sarò pronto ad accoglierti a braccia aperte. Cercherò di trasformare il mio dolore in forza interiore. Mi prenderò cura di mio figlio come mai fino ad ora, perché sarà l'unica speranza che mi rimane. Grazie per avermi insegnato che alla mia età l'amore può essere ancora vivo e presente, non ti dimenticherò mai!

Dopo qualche minuto ci lasciamo per sempre.

Mi alzo e a testa alta e cuor leggero mi allontano senza mai voltarmi. Percorro qualche chilometro per poi parcheggiare nuovamente la mia bicicletta legandola ad un albero. Prendo le mie infradito in mano e a piedi nudi mi incammino verso il mare. Ho la testa piena di ricordi indelebili che porterò con me per tutta la mia vita. Oh, il profumo del mare! Questo odore di conchiglie e salsedine mi pervade in un secondo. Mi lascio trasportare dal rumore delle onde che si infrangono sulla battigia. Lascio che i miei piedi e le miei caviglie vengano avvolte dall'acqua fresca. Quanta forza mi dona la natura in un momento così triste. Ringrazio il signore per tutto ciò che mi mette di fronte ogni giorno. Sono fiera della mia capacità di affrontare la vita. Cammino e cammino, svuotando i miei pensieri ad ogni passo.

Rimango in attesa di un vento più dolce e caldo che sappia trasportarmi lontano. Voglio lasciare che il tempo faccia il suo corso senza forzare niente e nessuno.

Sono consapevole che la felicità verrà ancora a bussare alla mia porta ed io, allora, sarò pronta ad accoglierla.

- Indice -

Io, la mia Stella

Printed in Great Britain
by Amazon

84374226R00102